共和国的历程

停 战 谈 判

粉碎美帝"光荣的停战"阴谋

方士华 编写

蓝天出版社 吉林出版集团有限责任公司

图书在版编目（CIP）数据

停战谈判：粉碎美帝"光荣的停战"阴谋 / 方士华编写.
—北京：蓝天出版社，2014．1（2023．3重印）
（共和国的历程）
ISBN 978-7-5094-1091-2

Ⅰ．①停… Ⅱ．①方… Ⅲ．①革命故事－作品集－中国－当代 Ⅳ.
①I247．8

中国版本图书馆 CIP 数据核字（2013）第 305475 号

停战谈判——粉碎美帝"光荣的停战"阴谋

编　　写：方士华
策　　划：金永吉　荆忠峰
责任编辑：祖　航　孔庆春
出版发行：蓝天出版社　吉林出版集团有限责任公司
地　　址：北京市复兴路 14 号
邮　　编：100843
电　　话：010—66983715
经　　销：全国新华书店
印　　刷：北京柏玉景印刷制品有限公司
开　　本：710mm×1000mm　1/16
字　　数：69 千
印　　张：8
版　　次：2014 年 4 月第 1 版
印　　次：2023 年 3 月第 3 次
定　　价：29.80 元

前　言

中华人民共和国自1949年10月1日成立以来，已走过了六十多年的风雨历程。历史是一面镜子，我们可以从多视角、多侧面对其进行解读。然而有一点是可以肯定的，那就是，半个多世纪以来，在中国共产党的领导下，中国的政治、经济、军事、外交、文化、教育、科技、社会、民生等领域，都发生了深刻的变化，中国人民站起来了，中华民族已屹立于世界民族之林。

这段时间放到整个历史长河中是短暂的，有如弹指一挥间，但它带给中国的却是极不平凡的。六十多年里神州大地经历了沧桑巨变。从开国大典到60年国庆盛典，从经济战线上的三大战役到经济总量居世界前列，从对农业、手工业、资本主义工商业的三大改造到社会主义市场经济体制的基本确立，从宜将剩勇追穷寇到建立了强大的国防军，从废除一切不平等条约到独立自主的和平外交政策，从"双百"方针到体制改革后的文化事业欣欣向荣，从扫除文盲到实施科教兴国战略建设新型国家，从翻身解放到实现小康社会，凡此种种，中国人民在每个领域无不留下发展的足迹，写就不朽的诗篇。

六十几年在历史的长河中犹如沧海一粟，但对身处其间的个人却是并非无足轻重的。其间究竟发生了些什么，怎样发生的，过程怎样，结果如何，非人人都清楚知道的。对此，亲身经历者或可鲜活如昨，但对后来者却可能只是一个概念，对某段历史的记忆影像或不存在或是模糊的。基于此，为了让年轻人，特别是青少年永远铭记共和国这段不朽的历史，我们推出了这套《共和国的历程》。

《共和国的历程》虽为故事形式，但与戏说无关，我们是想借助通俗、富于感染力的文字记录这段历史。这套丛书汇集了在共和国历史上具有深刻影响的重大历史事件。在丛书的谋篇布局上，我们尽量选取各个时代具有代表性的或深具普遍意义的若干事件加以叙述，使其能反映共和国发展的全景和脉络。为了使题目的设置不至于因大而空，我们着眼于每一重大历史事件的缘起、过程、结局、时间、地点、人物等，抓住点滴和些许小事，力求通透。

历史是复杂的，事态的发展因素也是多方面的。由于叙述者的视角、文化构成不同，对事件的认知或有不足，但这不会影响我们对整个历史事件的判断和思考，至于它能否清晰地表达出我们编辑这套书的本意，那只能交给读者去评判了。

这套丛书可谓是一部书写红色记忆的读物，它对于了解共和国的历史、中国共产党的英明领导和中国人民的伟大实践都是不可或缺的。同时，这套丛书又是一套普及性读物，既针对重点阅读人群，也适宜在全民中推广。相信它必将在我国开展的全民阅读活动中发挥大的作用，成为装备中小学图书馆、农家书屋、社区书屋、机关及企事业单位职工图书室、连队图书室等的重点选择对象。

编　者
2014 年 1 月

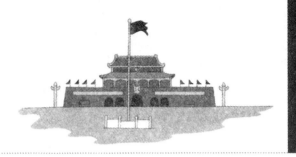

一、 主张和平谈判

● 周恩来解释说："问题的关键在美国，到目前为止还没有看到美国或联合国提出的希望和平解决朝鲜问题的具体意见。"

● 周恩来强调说："朝鲜问题与东方问题是不可分的。"

● 毛泽东强调说："第四次战役后敌人可能和我们进行解决朝鲜问题的和平谈判，那时谈判将于中朝两国有利。"

周恩来致电联合国秘书长

1950 年 6 月 25 日，朝鲜战争爆发。朝鲜战争爆发后不久，国际社会就开始进行谋求和平的努力。

1950 年 7 月初，英国提出关于朝鲜停战的第一个方案，建议由包括新中国政府在内的五大国代表参加的联合国安理会讨论朝鲜的停战与和平问题。

由于这一方案涉及在联合国的中国代表权问题，所以尽管得到了苏联的支持，仍被顽固反对中国的美国所拒绝。不过考虑到当时朝鲜人民军节节胜利、势如破竹，战局发展对朝鲜极为有利的情况，停战的条件实际上并不成熟，即使美国同意英国提案，该提案恐怕也不会得到朝鲜方面的首肯。

8 月 4 日，苏联驻联合国代表马立克提出和平解决朝鲜问题的提案：

讨论朝鲜问题时有必要邀请中华人民共和国的代表参加，并听取朝鲜人民代表的意见；停止朝鲜境内的敌对行为，同时撤出外国军队。

1950 年 8 月 24 日，周恩来致电安理会主席马立克及联合国秘书长赖伊，代表中国政府向安理会"提出控诉和建议"，电称：

> 联合国安全理事会有义不容辞的责任，来
> 制止美国政府武装侵略中国领土的罪行，并应
> 立即采取措施，使美国政府自台湾及其他属于
> 中国的领土完全撤出它的武装侵略部队。

8月27日，周恩来致电安理会主席马立克及联合国秘书长，指出美国侵略朝鲜军队的军用飞机侵入中国领空扫射我建筑物、车辆，使中国人民多人伤亡，要求安理会制裁美国侵朝军队，并使美军撤出朝鲜。

8月29日，苏联代表马立克根据周恩来外长8月24日的电报，以"中华人民共和国中央人民政府关于美国政府武装侵略中国领土以及违反联合国宪章的声明"为题，设为安理会临时议程。

美国代表不同意，但又提出，若改以"关于台湾的控诉案"为题，美国将同意这项议程。

9月15日，在美英两国300多艘军舰和500多架飞机掩护下，美军第十军团成功登陆仁川，从朝鲜军队后方突袭，切断朝鲜半岛的蜂腰部一线，迅速夺取了仁川港和附近岛屿。

10月7日，美军大举越过三八线，向平壤推进。与此同时，中国人民解放军所部东北边防军改编为中国人民志愿军，为进入朝鲜境内作战积极开始临战准备。彭

主张和平谈判

德怀被任命为中国人民志愿军司令员兼政委。

10月8日,彭德怀就任中国人民志愿军司令员。在"抗美援朝、保家卫国"的口号声中,中国人民志愿军26万英雄儿女,其中12个步兵师、3个炮兵师,迈着整齐的步伐跨过鸭绿江。以后,预备队2个军以及新增加的20多个师也先后向朝鲜国土挺进。

中朝军队经过13个昼夜的艰苦奋战,终于把顽敌的气焰打了下去,把敌人从鸭绿江边一直赶到清川江以南,粉碎了敌人在"感恩节"前占领全朝鲜的狂妄计划,朝鲜局势稳定了下来。

10月19日,中国人民志愿军第四十二军率先从辑安渡鸭绿江入朝作战。

12月13日,毛泽东致电彭德怀说:

目前美英各国正要求我军停止于三八线以北,以利其整军再战。因此我军必须越过三八线。如到三八线以北即停止,将给政治上以很大的不利。

彭德怀经过反复考虑,于19日复电毛泽东,决心打三次战役,突破三八线,粉碎敌人的政治阴谋。

21日,毛泽东复电表示同意。他说:

美、英正在利用三八线在人们中存在的旧

印象，进行其政治宣传，并企图诱我停战，故我军此时越过三八线再打一仗，然后进行休整是必要的。

24日，毛泽东又指示：

目前伪军及美军一部在三八线至三七线之间站住脚跟，组成防线，对于我军各个击破该敌，最为有利。

志愿军指挥员经过再三考虑，最后决定，既然政治形势要求打，要求突破三八线，就坚决打，坚决突破三八线。但一定要慎重，要适可而止，突破就是胜利，千万不要打得太远、太深，歼敌能歼多少算多少。

此后，志愿军在1950年12月31日发起进攻，经过七天七夜的鏖战，杀敌两万人，向前推进了80公里到100公里，再次解放汉城，迫使敌人退至北纬37度线以南地区。

早在11月23日，印度驻中国大使潘尼迦向中国副外长章汉夫提出：

英国政府承认中国在朝鲜问题上的利益，并拟在中国代表团到达联合国总部后，向安理会提出讨论朝鲜问题的建议。

主张和平谈判

潘尼迦强调说："中国必须参加安理会会议，只有这样才有可能讨论朝鲜问题。"并建议以英国方案作为"非正式协议的开端"。

当时，中朝军队正全力以赴准备进行第二次战役，美南朝鲜军为发动"圣诞节攻势"，从 11 月 6 日开始对朝鲜北方进行大规模轰炸，交战双方正在浴血奋战，此时提出停战谈判的建议显然不太可能被交战双方所接受。

为了向国际社会表明解决朝鲜和远东问题的政策方针和基本立场，中国政府于 10 月 23 日正式声明：

接受联合国的邀请，派代表团出席联合国安理会。

中方力争和平解决朝鲜问题，但遭到美方无理拒绝。这样，中国领导人准备把朝鲜问题诉诸联合国。

和平解决的关键在美国

1950 年 10 月中旬的一天，外交部欧美司司长伍修权的秘书匆匆走进办公室，对伍修权说："司长，总理下午要见你。"

"总理要见我？"伍修权诧异地问。

"大概是关于派代表团去联合国的事。"秘书回答道。

当天下午，伍修权来到周恩来的办公室。简单地寒暄后，周恩来说："修权同志，中央经过研究决定，由你出任赴联合国代表团团长。"

伍修权以为自己听错了："由我任团长？"

周恩来点点头说：

　　对，这次代表团去联合国，是新中国建立后的第一次。本来我们考虑应该派一位文职人员，但是文职人员又太温和。毛主席指示说，这次去联合国斗争一定非常尖锐复杂，我们一定要给美国佬一点颜色看看。我们要派一员武将到联合国去打这场文仗。所以我想到了你。

伍修权有些迟疑。

周恩来看透了他的心思，向他投去信任的目光，说：

主张和平谈判

"没关系，你是军人出身，性格上比较符合这次出使的任务。再加上你当了这么长时间的苏东司司长，外交经验上也很丰富。"

最后，伍修权自信地说："总理，有毛主席和您的英明领导，再加上乔冠华等人的协助，我有信心完成这项任务。"

11月24日，以伍修权为特别代表的中国代表团抵达纽约。

11月28日，伍修权在联合国安理会发表了长达两个多小时的演说。

伍修权向安理会提出三点建议，他说：

为了维护国际和平与安全，为了维护联合国宪章的庄严，联合国安全理事会对于美国政府武装侵略中国领土台湾和武装干涉朝鲜的罪行有其义不容辞的制裁责任。因此，我代表中华人民共和国中央人民政府向联合国安全理事会建议：

一、联合国安全理事会公开谴责，并采取具体步骤严厉制裁美国政府武装侵略中国领土台湾和武装干涉朝鲜的罪行。

二、联合国安全理事会立即采取有效措施，使美国政府自台湾完全撤出它的武装侵略力量，以保证太平洋与亚洲的和平与安全。

三、联合国安全理事会立即采取有效措施，使美国及其他外国军队一律撤出朝鲜，朝鲜内政由南北朝鲜人民自己解决，以和平处理朝鲜问题。

到 12 月下旬，第二次战役结束，中朝军队取得重大胜利，不仅夺回平壤，而且将战线重新推回到三八线附近。

12 月 7 日，中国副外长章汉夫会见潘尼迦。潘向章转交了印度等 13 个亚非国家准备提交联合国的有关朝鲜问题的提案，建议："首先应在三八线停战，然后实施协议。"并通报说："印度政府将在几天之内向安理会提交该提案。"

当时，在联合国大会上，印度代表劳氏代表若干个国家的代表团提出了两个新的提案。

第一个提案是代表十三国代表团，即阿富汗、缅甸、埃及、印度、印度尼西亚、伊朗、伊拉克、黎巴嫩、巴基斯坦、菲律宾、沙特阿拉伯、叙利亚和也门提出的。

这个提案提议说：应当指出"必须立即采取步骤，以防止朝鲜战事扩大到其他地区，终止朝鲜境内的战争；然后并应采取更进一步的行动，以便按照联合国的宗旨和原则，和平解决一切现存的问题"。

该案并规定由联合国大会请求大会主席安迪让组成包括他本人在内的三人小组，以建立能够满意地在朝鲜

主张和平谈判

停战的基础，并尽可能迅速地向大会提出建议案。

另一个提案是代表上述除了菲律宾之外的 12 个国家提出的，这个提案要求由联合国大会建议下述各国政府的代表尽早举行会议，拟定建议案，以便根据联合国的宗旨和原则和平解决远东现存的问题。

劳氏把他与伍修权会谈的结果通知政治委员会。劳氏说，中国代表向我保证，中国中央人民政府不需要战争，并希望和平解决朝鲜战争。

劳氏提议第二个提案中应提到下列国家：苏联、美国、法国、英国、中华人民共和国、印度与埃及，各该国代表并即应开会制定关于和平解决远东现存各种分歧的建议。劳氏又提议，政治委员会应立即开始讨论上述提案。印度的提议得到了南斯拉夫、澳大利亚与叙利亚的支持。

苏联代表马立克反对改变审议这些问题的次序，因为苏联代表团并不认为十三国提案有任何优先权。马立克建议所有的提案都应同时讨论。

马立克在发言中指出：

> 十三国提案中主张成立包括大会主席在内的三人小组的建议是不能接受的。

马立克提醒政治委员会注意提案中所掩藏着的排斥中华人民共和国而不让它参加解决朝鲜问题的意图。马立克接着称：

> 如果以为没有中华人民共和国参加，没有代表四亿七千五百万中国人民的利益的中央人民政府参加讨论便能决定远东的问题，那不仅是太天真，而且是不合理和有害的。如果没有中国参加，如果不顾及中国在这个地区的根本的重大利益，远东的任何问题都是解决不了的。

马立克强调称：

> 只有通过苏联提出的规定外国军队立即撤出朝鲜并让朝鲜人民有可能自己解决他们命运问题的提案，才能保证远东的和平和安全。外国军队自朝鲜撤退乃是停止战事、停止开火的必要条件。如果相反地，外国军队不撤出朝鲜的话，那么，就既无法停战，也无法和平解决。

12月8日，中国外交部亚洲司司长陈家康约见印度大使馆参赞卡吾鲁，对正在酝酿中的要求在三八线停火的印度等十三国的提案表示不赞成的意见。

12月11日，周恩来会见潘尼迦，解释说：

> 问题的关键在美国，到目前为止还没有看

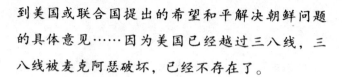

到美国或联合国提出的希望和平解决朝鲜问题的具体意见……因为美国已经越过三八线，三八线被麦克阿瑟破坏，已经不存在了。

接着，周恩来强调说：

朝鲜问题与东方问题是不可分的。

由于当时朝鲜战场的军事形势对中朝军队明显有利，中国领导人决定继续打击美南朝鲜军，坚持把朝鲜问题与远东问题相挂的基本立场。

12月12日，印度等十三国向联合国大会提请设立关于朝鲜问题的联合国33人委员会。

12月14日，联合国大会以多数赞成的结果通过停火案，并委托三人委员会就朝鲜问题进行斡旋，以确定有关各方对于朝鲜停战的条件。

外交部阐述中方立场

1950 年 12 月 31 日，中朝方面发起第三次战役，这是中朝方面实施突破三八线敌人防御阵地的进攻战役。

志愿军确定的是"稳进"的方针，即速战速胜，适可而止，口不要开得太大，也不要打得太远，西线打到汉城以北，对汉城逼近而不攻；东线只越过北汉江。

东线南朝鲜军没有战斗力，很快被志愿军突破；西线美国侧翼暴露，美第八集团军司令李奇微于 1 月 3 日放弃汉城。

4 日，中朝方面占领汉城。至 8 日战役结束时，美军和南朝鲜军已被迫退到三七线附近。

志愿军连续三个战役的胜利，使上上下下滋长了不同程度的轻敌速胜情绪。

1951 年 1 月 5 日，《人民日报》发表题为《祝汉城光复》的社论。社论提出：

前进！向大田前进！向大丘前进！向釜山前进！把不肯撤出朝鲜的美国侵略军赶下海去。

接着，北京城内还举行庆祝活动。

彭德怀马上觉得不妥，他当即表示，假如以后因战争需要撤出汉城，又怎样办呢？

1月8日，就在彭德怀下令停止追击的当天晚上，金日成与朝鲜外相朴宪永赶往彭德怀指挥部，他们在祝贺第三次战役胜利的同时，询问彭德怀，为什么在部队乘胜追击到三七线附近时，突然下令收兵？

苏联驻朝大使拉佐瓦耶夫指名道姓地责备彭德怀："哪有打了胜仗却不追击敌人的？哪有这样的司令呢？"他坚持中朝军队应不断进攻，扩大战果，乘胜追击，一直打到釜山，将敌人赶下海去。

拉佐瓦耶夫还向斯大林报告此事。

彭德怀将与苏联大使的分歧如实地向中共中央和毛泽东作了汇报。

由于部队连续作战疲惫不堪，粮食和弹药供应不足，因冻伤减员人数甚至超过战斗减员人数，故拟在三八线以北数十里处，停止进军，待来年春季再战。

当时，任解放军代总参谋长的聂荣臻也认为，经过两个多月的连续作战，部队非常疲劳，物资装备损耗很大，亟须休整补充。聂荣臻向毛泽东建议，把下一次战役的发动时间推迟两个月。

毛泽东将彭德怀的报告转给斯大林。

斯大林回电赞扬彭德怀是当代天才的军事家，说朝鲜战争的一切军事行动都应听从彭德怀的指挥。斯大林还批评拉佐瓦耶夫，不准他干扰战争决策，不久即把他调回国去了。

另一方面，美国在进一步检讨朝鲜战争战略方针的同时，继续进行和平试探。

1950 年 12 月 12 日，美国参谋长联席会议向国防部长马歇尔提交了一份关于朝鲜停战条件的备忘录，并由美国驻联合国代表转交给"三人小组"，作为美国政府的正式立场。其主要内容有：

1. 所有有关政府及当局，包括中华人民共和国中央人民政府和北朝鲜当局，应发布命令，停止在朝鲜的一切武力行动，并予以执行。此项停火应适用于全朝鲜。

2. 建立一条横贯朝鲜纵深约 20 英里的非军事区，其南界大致沿三八线走向。

3. 所有地面部队，应留在原地或撤至后方……

4. 应由一个联合国委员会监督停火，委员会委员和指定的观察员应保证停火条件得到完全遵守；他们应可以自由地与无限制地出入全朝鲜；所有政府及当局均应在停火委员会及其指定的观察员执行任务时予以合作。

5. 所有政府与当局应迅速停止以任何方式把增援或换防的部队或人员，包括志愿军在内，运入朝鲜，并停止增运军事装备和物资……

6. 在朝鲜问题最后解决前，应在一对一的

主张和平谈判

基础上交换战俘。

这一方案主要涉及战争以及与之相关联的善后安排问题，既未谈及政治前途，更未超出朝鲜半岛的范围，说明美国政府只想解决单纯的军事问题，并不想一揽子解决与此相关的地区安全和国际局势问题。

12月15日，三人委员会根据联合国大会决议，通过中国驻联合国特别代表伍修权向周恩来递交照会，就朝鲜停战问题试探中国政府的反应。

1951年1月11日，由"朝鲜停火三人小组"提出的先停火后谈判，外国军队撤出朝鲜，召开美、苏、英、中四大国会议讨论远东问题的五步方案在联大获得通过，并于13日转交给中国政府。

对于这个五步方案，美国感到左右为难。美国既希望立即停火，又不希望讨论停火以外的其他步骤，特别是不愿意讨论台湾问题和中国在联合国的席位问题。

支持这个五步方案，美国国内通不过；否决这个方案，又会在联合国中失去支持而处于孤立地位。但美国政府估计，既然中国政府不同意先前的十三国提案，也不会赞成这个五步方案，因此对五步方案采取了支持的立场。

很明显，五步方案是美国在玩弄先停火后谈判的花招，是在为美军争取喘息时间。

1月17日，周恩来致电联大第一委员会主席，表示中国政府不同意先停火后谈判的原则，并再次提出中国的主张。

1月21日，中国外交部又应英国驻华代办和印度驻华大使的要求，对中国立场作出解释：

一、只要一切外国军队撤出朝鲜的原则被接受，中国可以撤回志愿军。

二、朝鲜停战问题可分两步走：第一，在七国会议第一次会议上商定有限期停火，并付诸实施，以便继续谈判；第二，停战全部条件必须与政治问题相联系讨论，要商定从朝鲜撤退一切外国军队的步骤与办法；依据《开罗宣言》及《波茨坦公告》，美军从台湾和台湾海峡撤退；以及解决远东的有关问题。

三、中华人民共和国在联合国的合法地位要得到保证。

中国的建议遭到美国反对。不仅如此，美国还操纵联合国大会于2月1日通过诬蔑中国为"侵略者"的提议。

与此同时，美国加紧扩军备战，利用现代化的运输工具，向朝鲜大量补给各种物资，并从欧洲抽调大批老兵补充朝鲜战场。美军仅用半个多月时间就完成了部署整训和后勤补给，于1月25日由西到东逐步在全线发起大规模进攻。

主张和平谈判

毛泽东对谈判作出预测

1951 年 1 月中旬，志愿军前线部队转入休整，准备在两个月后发动春季攻势，争取下一战役开始后，连续作战，一气呵成。

"联合国军"发起新的进攻时，中朝方面军队刚刚转入休整，部队基本状况尚未得到改善，运输补给仍然极为困难，兵员还未来得及补充。

当时，美国和南朝鲜方面地面部队已达 25 万人，中朝军队虽有 28 万，却极度疲劳。

1 月 27 日深夜，彭德怀在给毛泽东的请示电中申述志愿军的困难，并建议：

> 为增加帝国主义阵营矛盾，可否以中朝两军拥护停战，人民军与志愿军从乌山太平里、丹丘里线，北撤 15 至 30 公里。消息如同意，请由北京播出。

彭德怀说，不许可放弃汉城、仁川，从军事上说，这样做甚为勉强，他请求毛泽东给予指示。

毛泽东于 28 日立即复电，意见十分明确。他不仅不考虑撤出汉城、仁川，而且要部队继续南进。

毛泽东指示说：

中朝两军在占领大田安东之敌军以北区域
以后再进行两至三个月的准备工作，然后进行
带最后性质的第五个战役，从各方面说来都比
较有利。

毛泽东认为彭德怀关于限期停战的建议是"不适宜
的"，指出，"敌人正希望我军撤出一段地区封锁汉江然
后停战"，"这是我们决不能允许的"。

毛泽东强调说：

第四次战役后敌人可能和我们进行解决朝
鲜问题的和平谈判，那时谈判将于中朝两国
有利。

彭德怀经过慎重考虑，确信中朝军队进至大田、安
东以北的设想是不现实的。他在 31 日给毛泽东的回电中
再次申述志愿军的种种困难，最后说：

第三次战役即带若干勉强性，此次战役则
带有更大的勉强性，如主力出击受阻，朝鲜战
局有暂时转入被动的可能。

根据当时具体情况，志愿军的作战方针是在西线，即汉江一线尽量阻击敌人，在东线诱敌深入，造成有利于歼灭突击之敌的态势，而后集中主力实施反攻。

2月13日，中朝军队在东线取得横城反击战胜利，并乘胜向横城以西砥平里发起进攻，遇顽强抵抗，几至弹尽粮绝，16日被迫北撤。

在汉江防御的西线部队也打得极为艰苦。3月18日，美南朝鲜军队重新控制汉城。4月初，中朝部队已基本撤至三八线以北。

敌军发现我军大量新部队到达，也停止进攻。4月21日，战役结束。在历时87天的战役中，敌军一直向北发起猛攻，但也只前进了100余公里。

2月15日，彭德怀赶回北京向毛泽东汇报。毛泽东认真考虑后指示：

能速胜则速胜，不能速胜则缓胜。

彭德怀认为这一指示十分重要。

3月1日，毛泽东又在为中央军委起草的指示中明确指出，朝鲜战争有长期化的可能，至少我应做两年的准备，为此，志愿军应采取轮番作战的方针。

毛泽东进而指出：

我军必须准备长期作战，以几年时间，消

耗美国几十万人，使其知难而退，才能解决朝鲜问题。

军事地位的改变使美国国务院认为政治解决朝鲜问题的时机已到。美国国务院在 2 月 22 日建议杜鲁门发表一项声明，公开声明，政治解决的目标是恢复 1950 年 6 月 25 日前的状况。

但美国军方认为要美国保证尊重三八线，从军事角度说是不恰当的。它无险可守，没有军事意义，只能束缚自己，而不能束缚中朝军队。

美国国务院与军方一再磋商，到 3 月 19 日已就下列基本问题达成一致：美国不必要也不可能用武力来统一朝鲜，中国的干涉已经排除了这种可能性，美国的目的只能是"击退侵略和达到一个稳定的局面"，使"联合国军"能够分阶段撤退。"联合国军"所"寻求和要守住的一条防线应当是在三八线以北，并且应当既是在战术上可资防守的，又是实际上能够得到的"。

20 日，参谋长联席会议通知麦克阿瑟，美国政府正在谋求政治解决，并要他就今后几星期中如何既保障"联合国军"的安全，又与中朝军队保持接触提出意见。

麦克阿瑟于当日回电，要求对"联合国军"司令部不要再加军事限制。他指出，以他所统率的军队，在对他所加的限制下采取军事行动，是不可能打败中朝军队的。

主张和平谈判

显然，美国政府已经认识到，无法用军事手段解决朝鲜问题，也不愿长期陷入朝鲜战争；但在战线变化较大、战局还不稳定的情况下，如果首先提出停战谈判，又恐怕中苏会在台湾和中国在联合国的席位问题上要求补偿，使美国在政治和外交上陷入被动。

因此，美国政府又不愿意立刻以三八线作为军事分界线实现停战。

当时，马歇尔认为：

> 恢复战争前的状态，会使共产党军队在三八线以北公开或秘密地集结，在现在或将来，这种军事力量的集中将使美国和"联合国军"陷入危险。

美国参谋长联席会议提出：

> 恢复 1950 年 6 月 25 日以前的状态不仅在政治上不能被接受，从免于军事冒险的角度看，也完全无法接受。

当战线稳定在三八线附近地区之后，美国政府认为军事和政治形势对其有利，便开始积极谋求停战谈判。

二、 派出谈判代表

● 毛泽东指出："为了和平事业，我们首先解决朝鲜问题。"

● 李克农满怀信心地对大家说："我们既能在战争中学习战争，在战场上打败敌人，也一定能在谈判中学会谈判，赢得谈判的成功。"

● 周恩来对谈判工作作出全面的指示，并且引用了一句古语作总结："行于所当行，止于所不可不止。"

确定边打边谈方针

1951 年 3 月到 4 月，朝鲜战争陷入胶着状态。当时，中国领导人也开始觉得，在军事上实现停战是时机了。

1951 年 5 月下旬，毛泽东主持召开中共中央军委会议，研究讨论关于朝鲜战争的战略方针问题。

时任代总参谋长的聂荣臻后来回忆说：

> 第五次战役之后，中央开会研究下一步怎么办，会上多数同志主张我军宜停在三八线附近，边打边谈，争取谈判解决问题。我当时也是同意这个意见的。

在这次会议上，大家都根据现实情况，提出了极具参考价值的建议。因为开战初期我军的优势已逐渐失去，130 万大军集结于狭小的朝鲜半岛，不仅挤成一团施展不开，很容易成为敌人飞机大炮的靶子，而且后勤补给的负担日益沉重，继续打下去短期内不可能解决问题，战争长期化财政也承受不起。

参会代表认为，把敌人赶出朝鲜北部的政治目的已经达到，停在三八线，也就是恢复战前状态，这样各方面都好接受。

会议最后采纳大多数的意见，确定了争取停战谈判的政策方针，以及在敌不增兵、不登陆的情况下，必须坚持三八线至三八点五线地区，并构筑三道防御阵地的军事部署。

这样，中央确立了边打边谈的方针，这个方针的实施在当时是很有现实意义的。

早在3月19日，美国国务卿艾奇逊、国防部长马歇尔参加的参谋长联席会议根据当时的朝鲜战争局势，提出了新的关于停战条件的备忘录。

这一新的备忘录与1950年12月12日备忘录的内容基本差不多，新增加或修改的内容有：

> 设立停战委员会监督停战条款的具体实施，该委员会可在朝鲜全境不受限制地自由活动；如有必要，该委员会应有一定数量的由中国和北朝鲜军队派遣的观察家协助工作；停战委员会有权监督所有在朝鲜的包括游击队在内的武装部队执行停战协定的各项条款；应向停战委员会提供数量充足的有能力的军事观察员，以保证停战委员会职能的施行……非军事区应以三八线为中线或在三八线以南，纵深二十英里……停战协定不应妨碍战地指挥官保证其部队、供应和设备的安全，但非军事区内不允许存在用于以上目的的安全部队。

派出谈判代表

与此同时，美国议会的意见和军方存在冲突。麦克阿瑟于 3 月 24 日发表声明，把他几个月来一再向美国政府建议的扩大战争的计划公开抛出。

麦克阿瑟在声明中狂妄地说，朝鲜战争已经表明，中朝方面的人海战术敌不过美国先进的武器装备和技术优势，"联合国军"不再把战争局限于朝鲜境内。他还鼓吹说：

> 通过把我们的军事行动扩展到中国的沿海地区和内陆基地，赤色中国就注定有立即发生军事崩溃的危险……
>
> 到那时，即可按照朝鲜问题本身的是非曲直，而不受与此无关的因素的影响来加以解决。

麦克阿瑟的声明在世界各地引起强烈反应，并在美国与盟国的关系中造成混乱。美国的盟国纷纷质问华盛顿，这到底是什么意思？是不是美国的政策改变了？

美国赶紧向盟国表示，麦克阿瑟的声明是"未经授权的和出乎意料的"，超越了他作为战地指挥官的权限。

4 月 5 日，美国参谋长联席会议对朝鲜战局进行研究后得出结论："单靠军事行动是无法解决朝鲜问题的。建议通过政治外交途径谋求解决朝鲜问题。"

5 月 3 日，美苏两国驻联合国的代表进行非正式会谈，双方都对停战和谈表示出向前看的意向。

5月17日，美国国家安全委员会作出决定：

    1. 通过停战协定终止敌对行动；

    2. 尽最大可能在三八线南部或者超越三八线的地区确立韩国政府的统治及军事防卫；

    3. 准备在适当时期从朝鲜撤出外国军队；

    4. 允许建立足够的韩国军事力量，以阻击或击退北朝鲜的进攻；

    5. 在实现上述4个目标之前，继续在朝鲜的军事行动。

这样，美方放弃了"武力统一朝鲜"的政策目标，努力通过政治外交渠道试探停战的可能性，以便结束在朝鲜的敌对行动。

这一政策方案得到了杜鲁门总统的批准。

5月18日，已在普林斯顿大学担任教授的苏联问题专家凯南应国务卿艾奇逊的要求赴华盛顿，奉命以国务院顾问的名义与苏联驻联合国代表进行接触。

当时，中朝方面得到情报，美国已从国内增兵朝鲜，为配合正面进攻，很可能重演仁川登陆的故技，截断朝鲜蜂腰部。

于是，中朝方面在准备尚不充分的情况下，于4月22日提前发起第五次战役。

派出谈判代表

中朝方面对这次战役寄予很高的期望，希望成建制地歼灭敌人有生力量，夺回战场主动权，认为这是"带决定性的一仗"，是"朝鲜战争时间缩短或拖长的关键"。

这次战争确实是朝鲜战争中规模最大的一次战役，双方共投入兵力100多万，历时50天，到5月21日中朝军队再次把美南朝鲜军队打过了三八线。但由于我方部队疲劳，供应困难，无法发展战役。

22日，中朝部队开始北撤，准备收兵休整。中朝方面对敌军迅速实行大规模反扑估计不足，转移计划不够周密，全线出现许多空隙，加之没有制空权，只能在夜间行动；而敌军机械化装备，运动很快。

中朝方面部分部队被美军截断，造成重大伤亡。尤其是一八〇师由于师领导指挥失当，被敌人围困堵截，损失8000多人，这是朝鲜战争中志愿军在战场上最大的一次损失。

彭德怀总结志愿军司令部在这次战役指挥上的缺点时说：

二阶段撤回来，没有三令五申地严防敌人追击，防止敌反咬一口。我军转移时，必须要控制公路，破坏公路，防敌坦克冲击，各部多数没有这样做，而是将公路让开，使敌坦克横行无阻。

至 6 月 6 日战役结束时，美军和南朝鲜军控制了三八线以北的部分地区。这是一次成果不理想的大规模战役反击战。

毛泽东后来总结说，这次战役打得"急了一些"、"大了一些"、"远了一些"。

通过这五次战役，朝鲜战场上敌对双方对对方的兵力和战局的可能发展都有了一个比较现实的估计。

美国已经意识到，由于中国军队的参战，美国原先确定的"统一朝鲜"的目标是不可能实现了；中朝方面也开始认识到，在现代战争中，物质技术条件对决定战争胜负起着更大的作用，在武器装备方面处于劣势，运输补给困难，综合国力相差悬殊的情况下，战争进展将十分困难。

当时，中国在连年战祸后又紧接着进行抗美援朝，无法集中精力进行经济建设，人民勒紧裤带，节衣缩食，支援战争，但这种局面是不能持久的。

中国领导人的估计本来就是这个战争只能打个平手。朝鲜国土已成一片废墟，男性公民都参了军，加之 1951 年的洪灾，人民已经到了继续生存下去的极限。

派出谈判代表

双方都已认识到，继续打下去除了遭到更大的伤亡，不会再取得多少好处。

朝鲜问题政治解决的条件已经成熟。

几个月来，美国通过它所把持的联合国作了政治解决朝鲜问题的种种试探，但一直没有效果。

5 月 31 日，美国国务院顾问凯南对苏联驻联合国代表马立克表示，美国准备在联合国，或在任何一个委员会，或是以其他任何方式与中国方面讨论结束朝鲜战争。

中朝方面这时也在考虑政治解决的问题。

第五次战役后，中共中央举行会议研究下一步行动，大多数人认为宜停在三八线附近，边打边谈，争取谈判解决问题。

因此，会议在毛泽东的主持下最后确定了边打边谈的方针。

提出停战谈判条件

1951年6月2日，毛泽东邀请金日成访问北京。

6月3日，毛泽东、周恩来与金日成举行会谈。

虽然金日成并不愿意放弃争取战争彻底胜利的希望，但他还是被说服同意新的战略方针，即政治斗争与军事斗争双管齐下：一方面进行谈判，争取以三八线为界实现停战撤军；一方面以军事行动粉碎敌方进攻，以配合谈判的顺利进行。

当时，中共中央为志愿军确定了"充分准备持久作战和争取和谈达到结束战争"的总方针。

6月5日，为与苏联协调政策，毛泽东致电斯大林，要求派代表前往苏联，就"我们在朝鲜战争过程中遇到的一些严重问题"和"关于战争与和平问题"提出报告，并请求指示。

经斯大林同意后，6月10日，金日成和中方代表同机前往苏联，面见斯大林。

在6月13日的会谈中，当中国代表提出是否可以考虑以三八线为界开始停战谈判时，斯大林问道："你们现在打得很好，为什么要停战？"

斯大林接着指出：

派出谈判代表

害怕打下去的应当是美国人，不是我们。我了解美国人的心理，你们多打死一名美国兵，他们多往国内送回一具棺材，他们国内反对这场战争的压力也就越大，最后要停战的一定是美国人。

在中朝代表反复解释所遇困难的严重程度之后，斯大林最后说：

如果你们一定想停战，那就试一试吧，也许是件好事。

当天，斯大林致电毛泽东：

我们认为，现在停战是件好事。

毛泽东回电在苏联的中国代表和金日成，与斯大林商量具体应采取怎样的措施以争取停战。毛泽东还建议：

现在由我们自己提出这个问题对朝鲜和对中国都是不适宜的，因为在最近两个月内朝鲜军队、中国志愿军都在采取守势。最好这样做：1. 等待敌方提出；2. 最好由苏联政府根据凯南的声明向美国政府试探停战问题。

关于停战条件，毛泽东指出：

> 恢复"三八线"；从南北朝鲜划出一条不宽的地带作为中立区，决不允许只从北朝鲜领土中划出中立区的情况发生……至于中国进入联合国的问题，我们认为，可以不提出这个问题作为条件，因为中国可以援引联合国实际上已成为侵略工具，所以中国现在不认为进入联合国的问题有特别意义。

同时，毛泽东指出：

> 应当考虑一下，是否值得把台湾问题作为条件提出来？为了同他们讨价还价，我们认为应当提出这个问题……在美国坚持台湾问题单独解决的情况下，我们将作出相应的让步。为了和平事业，我们首先解决朝鲜问题。

尽管马立克已经向美方表示苏联不能出面提出停战谈判问题，但斯大林还是接受了毛泽东的建议。因此，马立克于 6 月 23 日在联合国发表题为《和平的代价》的讲话，认为朝鲜的武装冲突是可以解决的，但要做到这一点，首先是有关各方必须表现出和平解决朝鲜问题的诚意，因此他建议：

派出谈判代表

第一个步骤是交战双方应谈判停火和休战，并从三八线撤退各自的军队。

6月25日，《人民日报》发表社论，表示完全支持马立克的建议。

与此同时，杜鲁门在一次外交政策演说中表示，愿意参加朝鲜问题的和平解决。

6月27日，美国驻苏大使柯克造访葛罗米柯。葛罗米柯阐明苏联的立场说，谈判必须以美军司令部和南朝鲜军队司令部为一方，中朝军队为另一方来进行，谈判只限于军事问题，首先是停火。

30日，李奇微奉美国政府之命向中朝方面提出停战谈判的建议。

7月1日，金日成、彭德怀联名复函李奇微，同意进行谈判，并建议在三八线上的开城举行。

至此，朝鲜战争进入了打打谈谈的新阶段。

中美朝分别表明谈判态度

1951 年 6 月 25 日，美国总统杜鲁门在田纳西州发表讲话，表示愿意和平解决朝鲜问题。

6 月 27 日，美国驻苏联大使柯克与苏联副外长葛罗米柯会谈，确认了苏联政府关于停战的建议。

6 月 30 日，美国参谋长联席会议将美国关于停战谈判的政策立场电告"联合国军"司令官李奇微：

1. 谈判只限于朝鲜以及军事问题，不应涉及任何政治或领土问题。

2. 在被其他协定替代之前，停战协定应继续有效。

3. 应要求司令官下令停止在朝鲜的敌对及所有的武装行动；应要求在朝鲜建立非军事区……

4. 为监督停战协定的执行，应成立一个军事停战委员会，委员会应由"联合国军"与共产党军的成员对等组成……

5. 停战期间，应要求司令官下令停止向朝鲜增派所有空军、海军和地面武装人员……

6. 停战期间，应要求司令官下令限制在朝

派出谈判代表

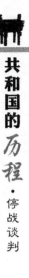

鲜增加战争设备和物资；但维持医疗和救济的物资不在其内，委员会将授权使用汽车、船只和飞机来运送这些物资。

与此同时，朝鲜方面也提出了关于停战谈判的政策方针：

一、建议由朝鲜人民军参谋长南日、外务副相朴东祚和中国人民志愿军代表共 3 人组成朝鲜民主主义人民共和国代表团。

二、提出包括六项内容的停战谈判方案提交苏联：

1. 停火和停止战斗行动的时间；

2. 敌对双方各自从三八线以南、以北撤退 5~10 公里；

3. 从停火时刻起，禁止飞跃或穿过三八线；

4. 从朝鲜领海撤退海军，解除封锁；

5. 在两个月内从朝鲜撤出所有外国军队；

6. 交换战俘和遣返被驱赶的难民。

苏联要求朝鲜与中方协商后提出共同方案，于是朝方将上述方案的第二条改为"双方部队在停火生效后 3 天之内撤离到距三八线 10 公里处，并在这一地区建立非军事区"；第五条改为"自停火之日起，两个月之内交换战俘"；第六条改为"从三八线以北被强行驱赶的难民应返回家园"，然后将修改后的方案提交中方。

中国提出的停战谈判方案包括五项内容：

1. 双方同时下令停火后，双方的海陆空军在朝鲜全境停火并停止一切其他敌对行动；

2. 双方海陆空军撤离到距三八线 10 公里处，并在三八线南北各 10 公里的地区建立非军事区，非军事区的民政机关恢复到 1950 年 6 月 25 日以前的形式；

3. 双方停止从外部运送装备、部队和补给（包括海陆空军的运送）到朝鲜，以及运送到接近朝鲜的前沿地区；

4. 建立中立国监察委员会，监督以上条款的执行，该委员会成员应来自未参加朝鲜战争的国家，由交战双方对等提出；

5. 在禁止军事行动的 4 个月内，分批办理相互交换战俘的全部事宜。

派出谈判代表

考虑到"遣返难民"问题较为难办，南北朝鲜很可能就此问题产生分歧，发生无休止的争吵，以至影响到其他重要问题的解决，所以，中方建议把难民问题交由国际性会议讨论解决。

另外，中方还准备在与苏联商议之后，酌情提出"所有外国军队，包括中国人民志愿军，在规定时间内分批撤出朝鲜半岛"的谈判内容。

对于中方的方案，苏联同意前两点，但建议删去第三点的后半部分，反对列入第四点，主张把第四点作为针对美国方案的反建议；同时对中方特别提请苏联考虑的最后两点，苏联认为应该在谈判中提出并坚持到底。

6月30日，李奇微奉命发表致中朝军队司令官的广播讲话，正式建议停火谈判。

7月1日，李奇微指定"联合国军"方面的停战谈判代表团，拟定八项有关停战谈判的条款：

1. 通过谈判议程；

2. 限定谈判范围，所有谈判过程都限制在与朝鲜有关的纯粹军事事项上；

3. 为避免在一个不确定的时期内重新引发敌对和在朝鲜的武力行动，谈判应终止在朝鲜的敌对或武装行动；

4. 确定贯穿朝鲜的非军事区；

5. 确定军事委员会的组成、职权和功能；

6. 在军事委员会之下组成军事观察组，确定其在朝鲜不受限制的监督权利的原则；

7. 军事观察组的组成及其职权；

8. 关于战俘问题的协定。

后来又增加了"设置由国际红十字会代表组成的委员会访问战俘营"一项内容。

中朝方面对美国提出的停火建议立即作出积极反应。7月1日，中朝军队指挥员发表声明，同意美方的建议。

7月4日，中共中央向志愿军总部发出关于谈判细则的指示电报，并派李克农、乔冠华协助谈判。

7月5日，中朝双方就《关于停止朝鲜军事行动的协议（草案）》达成一致。

"协议"规定，从10日开始，双方代表在朝鲜开城的来凤庄正式谈判。

中朝两党达成协议，对外由朝鲜人民军代表中朝军队，实际的谈判业务则由中国人民志愿军主导，并提出了三项原则性建议作为谈判基础：

1. 在相互协议的基础上，双方同时下令停止一切敌对行动。

2. 确定三八线为军事分界线，双方武装部队同时撤离三八线10公里，并立即进行交换战俘的谈判。

3. 在尽可能短的时间里，撤退一切外国军队；只有撤退外国军队，朝鲜战争的停战与朝鲜问题的和平解决，才有基本保障。

派出谈判代表

金日成认为难民问题列入谈判议程将不利于中朝方面，所以将原方案中的"遣返难民"一条删去。

由于马立克的停战建议并未涉及台湾以及中国在联合国的代表权问题，葛罗米柯又对柯克强调：停战谈判"应严格地限于军事问题"。所以，对于新中国来说，极为重要的政治外交问题一开始就被排除在谈判议题之外，解决这些问题的时机也失去了。

但是，中方努力争取以谈判方式解决朝鲜问题，推动了世界局势走向和平。

周恩来对谈判作出指示

1951 年 6 月，朝鲜战争已经进行了整整一年。在这一年中，美军接连遭受中朝军队的反击，伤亡惨重，已经看不到胜利的希望，再加上国际国内舆论的强大压力，美方不得不接受中国关于举行停战谈判的建议。

6 月底，周恩来点将，指定外交部副部长李克农和乔冠华参加朝鲜停战谈判。

李克农是一位在中国现代史上富有传奇色彩的解放军上将。他从 1928 年起，就一直在周恩来的直接领导下工作，长期的革命生涯、独特的个人素质，使李克农成为一名既富于献身革命的精神，又擅长艺术斗争的特殊人才。

李克农作为周恩来的重要助手，在新中国成立后，一方面在中共中央军事委员会担任情报部长，同时兼任政务院外交部第一副部长，直接协助周恩来处理各项外交事务。

根据以往的表现，周恩来认为，像李克农这样既能坚定不移地执行中央的指示，又有丰富的谈判经验的同志，来领导这次谈判是完全可以胜任的。

至于谈判人员的安排，周恩来也有考虑，他认为，李克农作为停战谈判的总代表，不可能事无巨细，样样

派出谈判代表

都抓，而只要管基本的大政方针、原则问题，具体问题则需要其他同志协助。所以，他又选了自己非常熟悉的、对国际问题钻研精到的乔冠华。

按照周恩来的设想，整个谈判人员最好能够分为三线：第一线由李克农负责，对外严格保密。李克农作为谈判代表团的总领导，负责整个工作；同时，李克农还直接与周恩来联系。

在谈判过程中，凡重大问题需上报周恩来转毛泽东、中央政治局其他委员和中央军委领导，然后根据中央的指示决定具体谈判的细节。

李克农还和彭德怀直接联系，及时了解战场上的情况，以便配合。

乔冠华则作为李克农的助手坐镇第二线。他根据李克农的指示和由李克农转达的中央指示，撰拟每天谈判的发言稿、备忘录等；同时，起草向中央的请示与报告。

第三线由朝鲜人民军和中国人民志愿军派出，因为他们对朝鲜战争进行的情况比较熟悉，而且作为作战人员，公开出面比较合适。

周恩来将这个设想反复考虑，认为成熟以后，便上报毛泽东，并很快得到批准。

毛泽东会见谈判代表

1951 年 6 月 30 日，在中朝方面的努力下，美国政府经过反复研究，由参谋长联席会议给李奇微发出关于停战谈判的指示。新指示规定：我们在这次停战中的基本军事利益在于停止在朝鲜的敌对行动，确保不再发生战事，并保证"联合国军"的安全。

这个新指示让中朝方面看到了和平的可能。周恩来指定外交部副部长李克农和乔冠华参加停战谈判。事情决定下来之后，毛泽东在自己的办公室召见李克农和乔冠华二人。

当晚，毛泽东就他们赴朝参加停战谈判问题进行了长时间的谈话，要求他们立即组织一个工作班子，进行各项准备。

接命以后，李克农和乔冠华立即组建前往朝鲜谈判的班子。

这个班子人才济济，其中有美国哈佛大学毕业的经济学博士浦山，新华通讯社的丁明、沈建图等人。

同时，他们除选调人员、配备电台外，还专门选调了几个人员，携带两部可以接收世界各大通讯社新闻的收报机，以便了解各方面的反应。

另外，他们请志愿军总部派出一个参谋班子前往开

派出谈判代表

城，使谈判班子能够及时了解战场情况的变化。

7月1日，中方通过朝鲜人民军最高司令官金日成和中国人民志愿军司令员彭德怀致电美方。

电文说：

> 可以谈判，我们的代表准备于7月10日至15日同你们的代表会晤，地点在双方接触线的开城。

美军也同意在开城，而且说代表团将乘车来开城，车上带个大白旗。从美方的态度完全可以看出，谈判的时机到来了。

对于谈判的各项事宜，如会场的选择、布置、警戒等，中方事先都做了准备。

由于我军控制的地区在开城以东几十里，因此志愿军司令部特别抽调了一支经验丰富的部队，原为三五九旅的一支部队，以后是四十七军的一个师专门负责警戒。

当时，李克农满怀信心地对大家说：

> 我相信，我们共产党人外交方面的才能绝不低于敌人。我们既能在战争中学习战争，在战场上打败敌人，也一定能在谈判中学会谈判，赢得谈判的成功。

7月4日，代表团临行前，周恩来对谈判工作作出全面的指示，并且引用了一句古语作总结：

行于所当行，止于所不可不止。

"行于所当行，止于所不可不止"这句话，周恩来引用过多次。这是北宋大文豪苏轼的名言。苏轼在《答谢民师书》中评价谢民师的文章说：

所示书教及诗赋杂文，观之熟矣。大略如行云流水，初无定质，但常行于所当行，常止于所不可不止，文理自然，姿态横生。

苏轼此语的本意，是称赞谢民师的文章在该铺陈的地方浓墨重彩、大笔挥洒，在该简略的地方则惜墨如金、适可而止，全文如行云流水、酣畅淋漓。

周恩来引用这句话，是要借此说明我们的外交工作要围绕国家利益和总体目标，审时度势，当行则行、当止则止，以争取主动，做到游刃有余。

当行则行，当止则止，是周恩来一贯的外交风格和奉行的外交策略，也是他决策艺术的深刻体现。

所谓当行则行，就是在条件许可的情况下，一切可以有所作为的地方都要尽力去做、充分做足，以最大限度地维护国家的利益。

派出谈判代表

所谓当止则止，就是在外交活动中当双方出现分歧和矛盾而又一时难以解决时，要善于根据现实形势审时度势、适可而止，有时求大同存小异，有时求同立异，总之是要取得双方都满意的结果。

周恩来不仅深谙个中精要，而且又将这一行事原则传达给李克农他们。

随后，李克农与乔冠华一行乘坐当年慈禧太后的专用"御辇"火车包厢出发了。到达安东后，随即乘吉普车过鸭绿江。

7月5日上午，中国代表团到达平壤。在中国驻朝鲜大使倪志亮和政务参赞柴成文的陪同下，李克农、乔冠华会见金日成首相，双方商量中朝代表团的组成。

7月10日，朝鲜停战谈判将正式开始。

三、中朝据理力争

● 毛泽东说："敌人希望停止朝鲜的军事行动，目的在于在战争中避免进一步伤亡和拖延时间"

● 《人民日报》发表文章说："美国代表在谈判中的拖延政策，很像只是为着躲过雨季，以免受到反攻和准备新的进攻。"

● 彭德怀愤怒地说："这是蓄意谋杀！"

联络官会议在开城召开

1951 年 7 月 1 日，金日成首相、彭德怀司令员发表声明，赞成李奇微举行停战谈判的建议；会晤地点，建议在三八线上的开城。

7 月 2 日，在朝鲜的志愿军总部收到毛泽东从北京发出的电报：

> 李克农、乔冠华及其他助手将来朝鲜参加停战谈判，于 7 月 2 日 22 时由北京乘火车去安东，7 月 4 日傍晚由安东去平壤，大约 5 日早上或晚上，可到金日成同志处，请朝鲜方面派人到适当地点去接洽。

3 日，李奇微复电金日成、彭德怀，同意于 7 月 10 日在开城举行会议。

7 月 6 日早晨，李克农入朝后第一天，就见到了金日成。朝鲜人民军指挥所在离平壤东北大约 50 公里的地方。这里树木葱翠，幽静凉爽，隐蔽安全。

金日成操着一口流利的中国话，和李克农一见面就十分亲热。他已收到了毛泽东发给他的电报。1951 年 7 月 4 日，毛泽东给金日成的电报第一句话就是："我方是此次谈判的主人。"

李克农是主持这次停战谈判的实际负责人，因此，金日成是把李克农当作贵宾来接待的。

金日成和李克农由于工作上和历史上的原因，来往甚密，私交也不错。李克农和夫人赵瑛曾有一张身穿朝鲜民族服装的合影，这是在开城驻地拍摄的。那身做工考究的朝鲜服装，正是金日成送给李克农夫妇的礼物。

后来朝鲜停战谈判结束，李克农回到北京，金日成每次到北京便要问到李克农，有时自己没有时间会见，便派人送朝鲜泡菜到李宅，他连李克农喜欢吃又酸又辣的朝鲜泡菜这一点都很清楚。

当时，李克农和金日成就一些具体问题进行磋商。这次谈判中朝方面出席代表：首席代表是朝鲜人民军大将南日、志愿军邓华和解方将军、人民军少将李相朝。

李克农接到毛泽东发来的电报，指派柴成文以中校名义为志愿军联络官，因为三方联络官中最高官阶不得超过上校。

这次谈判对外以人民军为主，而实际上朝鲜停战谈判的第一线由李克农主持，乔冠华协助。内部，李克农称"李队长"，乔冠华称"乔指导员"。李克农还任志愿军代表团党委书记。

停战谈判的首次正式接触是联络官会议，时间定在7月8日上午9时，地点在开城市区西北约两公里的高丽里广文洞来凤庄。

中朝据理力争

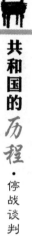

美方通知说，他们的谈判人员将乘直升机来。朝方则选择安全地带，让直升机降落，并摆上红色的"T"字布标和英文"欢迎"二字缩写"WC"的大幅标语。

可是，当时交战双方并无礼尚往来，如何不失身份又及时准确有礼貌地通知对方呢？乔冠华灵机一动，要新华社记者写篇报道，在报刊发表，让对方知晓，顺利地解决了这个问题。

这次的谈判地点和代表团驻地都设在来凤庄。来凤庄在开城的西北部，是一家富豪的宅地。主房坐北朝南，房前有一个用天然石块砌成的花坛，中间种着一株经过精心栽培的苍翠古松，周围是一些其他的木本花草，环境十分幽美。

这座宅子大门是个过厅，进去是 3 间正厅，里面西边的屏风已经破旧不堪，撤掉后，室内可以摆下一张长桌，供双方代表团南北对坐，后边还可各摆一排稍窄的长桌，供各方参谋助理人员就座。

来凤庄的西南面，靠抬岳山边有几间民房，再靠西南还有一幢别墅式的平房，作为志愿军代表团的驻地。会场、住处落实后，乔冠华与李克农、邓华、南日、李相朝等人随即赶至来凤庄，住进联络官们为他们准备好的住房。

乔冠华单独住一个小院，院内有株凌霄花，他便自称"凌霄馆主"。当时，美南朝鲜敌机常轰炸开城中立区志愿军代表驻地，乔冠华多次转移隐蔽，几次遭险，但他仍泰然处之。

代表团深知，因为这次停战谈判事关重大，丝毫马虎不得。因此，乔冠华住下后，立即与李克农等人对准备工作进行检查，直到认为满意为止，有时忙碌完毕后已经到深夜了。

这样，朝鲜停战谈判中朝代表团正式开始运作，平时鲜为人知的来凤庄，一时名声大噪，成为世人瞩目的地方。

根据原定协议，7月8日上午9时，交战双方在来凤庄举行首次联络官会议，会议确定了正式谈判第一次会议的时间为7月10日上午10时，在开城来凤庄举行。会议地点的安全及对方代表团进入我方控制区的安全，均由朝中方面负责。

联络官会议之后，中朝代表团为正式谈判第一次会议进行周到的准备工作。

当天晚上，李克农和乔冠华再次检查工作时，发现一件事先没有想到的事情，即双方正式代表见面时要互验证书，这是国际会议常规中必不可少的仪式。

双方代表第一次见面时，把"全权证书"交给对方看一看，再收回来，以示郑重。

第二天上午就要正式开始谈判，证书立马就要，李克农和乔冠华着急起来。

这时，朝鲜方面果断表示，立即派人到平壤请金日成签字。

中朝据理力争

但中方代表包括中朝两国的人员，仅仅有金日成将军的签字还不够，还必须有彭德怀司令员的签字。

但是，仅仅一个晚上时间，先到平壤，再到彭德怀处，时间无论如何也不够用。在这种情况下，李克农毫不犹豫地提出："只要金首相签了字就有效，彭老总的字由我代签，事后汇报。"

这样，"全权证书"的难题迎刃而解。

谈判议程确定

1951年7月10日上午10时，在全世界舆论的关注下，朝鲜战争停战谈判在开城来凤庄一间长18米，宽15米的厅堂里正式举行。

一时间，国际上许多报刊、电台都重点报道了这一消息。

双方首先就议程问题进行讨论。朝中方面提出包括以"三八线"为军事分界线和撤出一切外国军队问题在内的议程草案。

美方拒绝将"从朝鲜撤出一切外国军队"列入议程，提出讨论范围仅限于朝鲜境内的军事问题。

同时，双方都认为，既然彼此都不愿意再打下去，所以可能很快就会达成协议。

在整个谈判过程中，毛泽东与斯大林之间电报频繁往来，协商有关谈判的策略方针，并向斯大林提出：

> 如果谈判开始，最好您亲自领导他们，以免出现不利的局面。

但斯大林明确表示：

这是不可想象的和没有必要的。毛泽东同志应该指挥谈判。我们最多可以对某些问题提出建议。

经斯大林同意，毛泽东拟定停战谈判方案：

1. 双方同时发布命令，停止军事行动；

2. 双方军事力量从三八线各自后撤10公里，建立非军事区；

3. 双方停止从外部向朝鲜的一切军事调动；

4. 停止军事行动后的3个月内分批交换全部战俘；

5. 所有外国军队3个月内全部分批撤离朝鲜；

6. 南北朝鲜难民应在4个月内返回原来的居住区。

由此可见，中方在停战条件上已作出重大让步，放弃曾经最为关心的在联合国的合法席位和台湾问题，仅把外国军队限期撤出朝鲜和以三八线为界恢复到1950年6月25日以前的状态作为重要条件。

但美南朝鲜方面因在三八线以北所占地域的面积多于中朝在三八线以南所占地域，又自恃占有海空优势，所以不同意以三八线为界，提出"海空补偿论"，要求中朝军队从实际控制线后撤。

会谈开始后刚进入议程问题，双方就展开了激烈的争论。朝中方面开门见山地提出了实现停战的三项建议：

一、停止一切敌对军事行动。

二、确定三八线为军事分界线，双方部队同时撤离三八线 10 公里，建立非军事区，同时立即进行交换战俘的商谈。

三、在尽可能短的时间内撤离一切外国军队。

美方则提出一个包括九项内容的谈判议程提案。

双方的分歧在于：要不要把撤退外国军队一项列入议程。

中朝方面提出，撤退外国军队是防止战争复发的必要条件，外国驻军则是战争的根源；美方则称，朝鲜战争爆发时并无外国驻军，恰恰是外国军队撤出后发生了战争。

不从朝鲜撤军是美国的既定方针。

艾奇逊、马歇尔分别于 19 日和 24 日发表声明，断言撤出外国军队是一个政治问题，不拟由商谈停战的司令官进行讨论，而只能由联合国与各有关国家政府加以解决，并表示，"联合国军"将继续留在朝鲜半岛，"直到

中朝据理力争

真正的和平建立为止"。

7月19日，参谋长联席会议指示李奇微，决不能承诺从朝鲜撤军，如谈判因此而破裂，美国政府可望得到国内和盟国的全力支持。

当时，中朝方面大出美方意料作出重大让步，放弃在议程中讨论撤出外国军队的要求。

7月23日，周恩来起草的毛泽东致李克农并告金日成、彭德怀的电文中说：

> 为了使谈判取得进展，可以同意不将撤退外国军队列入此次会议的议程之内。今后的谈判应以争取从三八线上撤兵停战为中心，来实现和平解决朝鲜问题的第一步。

朝中方面在驳斥美方无理要求的同时，为推动谈判顺利进行，采取灵活态度，双方于1951年7月26日确定谈判议程：

1. 通过议程；
2. 确定军事分界线，以建立非军事区；
3. 实现停火与休战的具体安排；
4. 关于战俘的安排；
5. 向双方有关各国政府建议事项。

这些议题的设定证明，美国把谈判严格限定在军事方面，排除政治性议题的意图得到了实现。

而中朝方面原来认为最重要的问题是外国军队从朝鲜全部撤出和划定军事分界线，但达成一致的五项议题中并未包括外国军队撤出的问题，说明中朝为了使停战谈判不至于因为这一问题而夭折，作出了重大的让步，同意把这一问题留到停战以后再讨论。

中朝据理力争

毛泽东对谈判提出建议

1951 年 7 月 10 日,朝鲜停战谈判正式开始。

谈判一开始,双方在外国军队撤出朝鲜问题上反复争论而相持不下。

7 月 15 日,毛泽东致电斯大林,认为尽管在战略全局上需要坚持三八线和外国军队撤出的停战谈判条件,但"在从根本上讨论这些问题时,需要解决三八线问题,至于外国军队撤出朝鲜,这可在一个单独阶段实施"。

7 月 20 日,毛泽东再次就外国军队撤出朝鲜问题致电斯大林指出:经过 5 天的争论,敌方始终拒绝把撤退外国军队问题列入谈判议程,毛泽东说:

> 敌人希望停止朝鲜的军事行动,目的在于在战争中避免进一步伤亡和拖延时间。关于其他问题,包括外国军队撤出朝鲜问题,敌人希望继续维持目前的紧张局势,以便更好地在国内强行动员和在国外进行扩张……我们的武装力量在今天只能将敌人赶出北朝鲜,还不足以把敌人赶出南朝鲜。如果战争拖延下来,敌人可以受到更大的损失,而我们自己在财政上也会受到很大冲击,并且那时我们也很难进行国

防建设。

毛泽东认为，在最好的情况下，如果时间拖延，例如6到8个月，我们可能会把敌人赶出南朝鲜，但是在这种情况下，我们仍会付出很大代价。

因此，毛泽东建议：

> 最好是不要提出把外国军队撤退问题作为停止军事行动的必要条件，这样做要比用长期军事行动的手段来解决这一问题好……双方从三八线撤军是和平解决朝鲜问题的第一步，而外国军队撤退问题可以在停止军事行动之后进行讨论。

苏联方面对毛泽东的建议表示同意。

在双方就谈判议题达成协议的当天，就开始了关于划定军事分界线的谈判。由于双方都力图使军事分界线的划定有利于本军，所以彼此立场相差过大。

考虑到美方的最终目的是要在当前战线所在地区停止军事行动，金日成表示：

> 只要双方军队各自后撤10公里，可以暂时放弃这一要求。

中朝据理力争

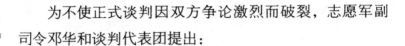
为不使正式谈判因双方争论激烈而破裂，志愿军副司令邓华和谈判代表团提出：

> 最好考虑在当前战线所在地区停止军事行动的问题，不再为三八线而进行斗争。

但斯大林反对作出这样的让步，他强调说：

> 是美国人更愿意继续谈判，而不是我们。如果首先让步，是示弱的表现，将会被美国人认为是中朝方面更需要签订停止协议，没有任何好处。

斯大林的意见使中朝方面在谈判中的立场更加强硬，最后双方同意各出 5 名代表组成小型的专门委员会，以圆桌方式讨论具体的细节问题。

乔冠华赋诗诉甘苦

1951 年 8 月末，朝鲜半岛秋意渐浓。双方经过一个多月的谈判，仍然没有取得任何实质性进展。

在谈判中，中朝方面提出原则上以三八线为军事分界线，双方军队各后撤 10 公里，脱离接触，建立非军事区的建议。

中朝代表团指出：

> 三八线是举世公认的军事分界线，也是停战谈判的基础；要表明谈判的诚意，必须确定以三八线为军事分界线；从 1951 年 1 月以来，双方的战线四次摇摆于三八线南北地区，这表明该线基本上反映了双方的军事实力；目前双方在三八线南北所占地区略近相等，因此三八线为军事分界线是合理的，是符合历史和当时双方实际情况的。

美方代表拒绝这一建议，他们提出，地面部队的战线不能反映双方部队的实际力量，"联合国军"具有海空军优势，这种海空力量控制了整个北朝鲜，"联合国"海空军从北朝鲜撤出所放弃的优势，应以中朝方面地面部

队的撤退加以"补偿"。

美方把军事分界线划在中朝军队大后方，要求中朝军队在临津江以东从现有阵地后撤38到58公里，在临津江以西后撤68公里，从双方实际接触线让出1.2万平方公里的土地。

中朝方面显然不能同意这一要求。

毛泽东回电一再指示：

应不管敌人企图如何，仍坚持按照程序首先解决以三八线为双方军事分界的问题……如果僵持久了，敌人以原有阵地以北作为分界的提议公布出去，极大可能会引起世界多数舆论的惊异和责难。

乔冠华从北京出发时，正值盛夏，原以为停战谈判只需一两个月，所以大家都未带寒衣。乔冠华提笔给外交部办公厅主任王炳南写了一封催办信：

炳南仁兄左右：开城秋深矣，冬装犹未至，东北在咫尺，奈何非其事？既派特使来，何以不考虑？吾人忍饥寒，公等等闲视，口惠实不至，难道唯物论，堕落竟如此？

日日李奇微，夜夜乔埃事，虽然无结果，抗议复抗议，苦哉新闻组，鸡鸣听消息。嗟我秘书处，一夜三坐起。还有联络官，奔波板门店，直升飞机至，趋前握手见。又有新闻记，日日得放屁，放屁如不臭，大家不满意。记录虽闲了，抄写亦不易，如果错一字，误了国家事。警卫更辛苦，跟来又跟去，万一有差错，脑壳就落地。

千万辛苦事，一一都过去。究竟为谁忙，四点七五亿，遥念周总理，常怀毛主席，寄语有心人，应把冬衣寄。

一场举世瞩目的停战谈判，竟以打油诗形式写出，诉尽中国代表团的甘苦。乔冠华的风流才情于此可见一斑。

停战谈判于 8 月中旬中断，美、李军发动了夏季攻势和秋季攻势，妄想从战场上得到谈判桌上得不到的东西。

结果，15 万美李军被中朝军队歼灭。

中朝据理力争

揭露美方的欺骗和讹诈

1951 年 8 月中旬，朝鲜停战谈判已经费去了 1 个月的时间。

谈判进入实质问题的讨论，也已经有两个星期。美国方面在谈判中借口记者问题延会，拒绝将外国军队撤出朝鲜问题列入议程，拒绝以三八线为双方军事分界线。这些事实证明，美国方面完全没有在朝鲜迅速实现停战的诚意。

当时，朝鲜停战谈判中的主要争执是双方军事分界线问题。关于双方军事分界线问题，中方的立场是十分明确的，这就是：

以北纬三十八度线为双方军事分界，以此为基础向南北各伸张 10 公里为非军事区，双方军队都撤至非军事区以外。

朝鲜人民军和中国人民志愿军的这个主张，不但代表了全中国全朝鲜人民的共同意志，而且也代表了全世界愿意停止朝鲜战争的善良人们的共同意志。

三八线是李承晚军向北侵犯引起战争爆发前的原有的军事分界线。中国人民志愿军之所以进入朝鲜援助朝鲜人民作战，正是因为美国侵略军超过了三八线。

这次谈判的基础，正是苏联驻联合国代表马立克关于双方撤离三八线的建议。在一年多的战争中，双方军队曾经轮流地进入三八线以南和以北各 3 次，表明三八线真实地反映着双方军事力量的对比。

而且，志愿军两次进入三八线以南的时间长，占的面积大，两次都把敌军完全赶过三八线以南；敌方两次进入三八线以北的时间短，占的面积小，两次都没有能使中方的军队完全离开三八线以南。

事实上，以三八线为双方军事分界线是合理的，甚至美国各方也不能不承认。

早在当年 3 月 12 日，当时的美国第八军军长、时任美军总司令的李奇微就已大肆宣传他对于朝鲜战争的最高理想是在三八线上结束。

李奇微的这个论点，在 5 月 10 日又由美国国防部长马歇尔在国会作证时加以肯定。

5 月 22 日，美国参谋长联席会议主席布莱德雷在国会作证时，也认为必须准备在三八线上结束朝鲜战争。

28 日，美国陆军参谋长柯林斯在国会作证时，同样宣称应当接受以三八线为基础的停战方案。

美国国务卿艾奇逊在 6 月 2 日和 6 月 26 日，对议员们和记者们先后声明美国将同意在三八线实现停战。艾奇逊的第二次声明是在马立克的建议以后。

法新社记述艾奇逊的谈话说：

　　从军事观点来看，在三八线停火是可以接受的。有人问他说：共军撤到三八线以北是否算是朝鲜战争的"胜利结束"，他回答是的。

　　由此可见，美国社会舆论和美国在朝鲜士兵对于以三八线为军事分界线的拥护是人所共知的。

　　从美国军政首脑的言论中就已经看出，美国政府不但完全没有理由否认三八线的合理，而且无论朝鲜战争发生了怎样的反复变化，美国政府也完全没有根据相信他们的军事力量可以保持三八线以北的阵地。这就是美国人再三地把以三八线为军事分界称为"胜利"或"巨大胜利"的唯一原因。

　　但是，朝鲜停战谈判一开始，美国的腔调忽然变了。7月13日，艾奇逊忽然把美国同意作为军事分界线的三八线莫名其妙地解释为"指联合国部队所在的一带地区"。

　　而在谈判会议上，美方代表实际提出的方案比艾奇逊的谈话更进一步，荒谬地要求在现有双方战线以北18公里至50公里的地方划一条新的军事分界线。

　　乔埃为了坚持美国的这个无理要求，耗费了从第十次会议到第十九次会议的整整10天的时间来辩论，在辩论中捏造种种不能成立的"理由"。例如，他说美国海空军的狂轰滥炸的"力量"必须在陆地分界线上得到"补偿"，美国必须在三八线以北才能"防御"自己等。

为了使人明了无误，乔埃一面标出详细的地图，一面又经过东京的李奇微总部的"新闻教育局"，以所谓"背景材料"的名义，在 7 月 31 日和 8 月 4 日把美国的主张加以公开宣布。

8 月 3 日，美联社记者尤松宣称：

> 没有证据足以证明"联合国军"代表会要求在联合国军实际据守的阵线以北建立分界线。

8 月 4 日，"联合国军"官方发言人纳科斯声明：

> 猜测联合国要求建立任何深入北朝鲜的分界线将是完全错误的……我相信这是严重的错误，是最荒唐的猜想。

8 月 6 日，李奇微总部的新闻处又发表"平息谣传"的声明，宣称美国所要求的分界线大致是现在的战线。

甚至美国国新社东京 6 日电也不能不描写道，这次声明"事实上与总部另一部门作为背景材料发给日本报纸编辑的新闻稿截然相反"。

这就是美国军政首脑对待谈判的态度。

在 3 月至 6 月间说三八线作为分界线是可以接受而且应当接受的，是"巨大的胜利"。在 7 月至 8 月 4 日

中朝据理力争

说，三八线是不可以接受的，"双方都自三八线撤退的任何问题是荒谬的"，海空军的狂轰滥炸的"力量"必须在陆地分界线上得到"补偿"，因此分界线应当在现有战线以北。

战场上的美英等国士兵曾经因为听到马立克的停战建议和金日成彭德怀两将军同意谈判的答复而欣喜若狂。李奇微在 7 月 3 日给金、彭两将军的电文中说：

> 因为在停战之前须先就停战条款取得协议，所以延迟开始会晤和达成协议，将延长战事和增加损失。

可是，李奇微所奉行的政策，却是欺骗，讹诈，故意拖延和制造僵局。

美联社记者勃雷德萧 7 日在东京解释美国的僵局政策时说：

> 他们想要充分利用他们的优势，同时又不愿意在宣传战线上遭到失败。他们不愿结束战争，如果停火对共方有利的话。

面对美方的欺骗和讹诈政策，中方予以揭露和反击。8 月 11 日，《人民日报》发表题为《评朝鲜停战谈判》的文章。

文章指出：

> 美国代表在谈判中的拖延政策，很像只是为着躲过雨季，以免受到反攻和准备新的进攻。但是更重要的原因，却不在这一方面。更重要的原因，是美国政府认为必须保持紧张状态，才便于在这次的将于九月中闭会的国会中通过六百六十五亿美元的军事预算案，增税一百亿美元的法案……美国政府恐惧和平。

当时，华尔街日报在不久以前曾露骨地说："由于和平的威胁，大规模囤积物资所得的利润可能丧失。"

和美国相反，中国人民和朝鲜人民是愿意和平的，所以希望谈判能够在公平合理的基础上，迅速达到停战的结果。

中朝据理力争

强烈抗议美军蓄意制造的暴行

1951 年 8 月 19 日晨，为了保证朝鲜停战谈判顺利举行，中方军事警察 9 人，在排长姚庆祥率领下沿板门店西南面松谷里以北高地向东巡逻。

当他们一行走到中立区的松谷里附近时，突然遭到埋伏在此的 30 多名南朝鲜武装人员的袭击，排长姚庆祥当场倒在血泊中。

中方对此提出强烈抗议，并在志愿军代表驻地为姚庆祥烈士举行追悼大会。姚庆祥的灵堂两侧悬挂着一副挽联，上联是"为保障对方安全反遭毒手"，下联是"向敌人讨还血债以慰英灵"。灵堂陈列着烈士的遗像以及花圈、挽联等。

灵堂布置完毕后，李克农、乔冠华到现场检查。

"虽有这么多的挽联，可仍觉得有点不足，难以表达人民的愤慨之情。"李克农回过头，对站在身旁的乔冠华说，"老乔，还是请你想一想，是否再写一副更为醒目的挽联。"

"嗯！"乔冠华应了一声。乔冠华紧锁眉头，在房间里来回踱了几步，便顺口念出一副挽联：

世人皆知李奇微，举国同悲姚庆祥。

"好好好，"李克农闻声连连称好，"你赶快让人去布置，以免耽误了时间。"李克农对乔冠华吩咐道。

在沉痛悲壮的哀乐声中，姚庆祥烈士追悼会开始了。灵堂虽然不大，但布置得庄严肃穆，那副"世人皆知李奇微，举国同悲姚庆祥"的挽联，尤其引人注目。

各界人士、中朝代表团，开城中立区军事警察部队以及各国前来采访的新闻记者都参加了追悼会。

枪杀姚庆祥的事件本已引起世界各国一切正义人士的强烈谴责，而举办姚庆祥烈士追悼会更将这场反对阻挠谈判的斗争推向了一个新的高潮，特别是那副乔冠华写的挽联不胫而走，从而使美国侵略者在道义上处于非常不利的境地。

美李军非法侵入开城中立区板门店附近，突击中方巡逻人员的严重事件发生后，朝鲜人民军代表李相朝、中国人民志愿军代表解方两将军即于当天 14 时亲赴板门店附近的姚庆祥烈士遗体停放处致哀。

姚庆祥烈士生前所在连队的战友们，纷纷向他们悲愤地控诉美李军破坏停战谈判、破坏中立区的罪行。

两将军向姚庆祥烈士致哀后发表讲话。朝鲜人民军代表李相朝将军说：

> 为保卫朝鲜和平而光荣殉难的姚庆祥烈士，
> 将永远活在朝鲜人民的心里。美李军违犯中立

中朝据理力争

区协议，破坏停战谈判，向我方巡逻人员袭击的事件，不仅激起朝中人民对美帝国主义更大的仇恨，并一定要激起全世界人民无比的愤怒。

中国人民志愿军代表解方将军在讲话中说：

姚庆祥烈士是站在保卫开城停战谈判的和平前哨上牺牲的。他这种为了和平而献出自己生命的高贵品质，一定会激励中国人民志愿军捍卫和平的坚强决心。

接着，姚庆祥烈士所在连队的副连长乔万风讲话，他对自己优秀战友的殉难表示无限的愤慨。他说：

姚排长是为保卫开城中立区的安全而牺牲的。我们要踏着烈士的血迹，用更大的努力争取和平解决朝鲜问题，为保卫世界和平而奋斗到底。

然而，美方并没有因此而稍有收敛。姚庆祥烈士的血迹未干，美国飞机竟又于 8 月 22 日深夜非法侵入开城中立区上空，以中方代表团的住所为目标，施行轰炸与扫射。

消息传到志愿军总部，彭德怀愤怒地说：

这是蓄意谋杀！

发生此事的当天晚上，李克农、乔冠华立即决定通过联络官与驻在汶山的"联合国军"代表团通电话，要求他们前来调查。

美方联络官借口夜深，再三推诿，拒绝前来开城。中方强烈抗议，肯尼和穆莱才肯来。

在调查过程中，肯尼和穆莱一再对美方的罪恶行径抵赖。当勘察到第三个弹坑时，他们即表示不愿再继续调查下去。

中朝联络官张平山、柴成文立即严肃指出："我们有权要你们调查下去。"

22日深夜的初步调查和以后实地复查的结果，证明敌机两次共投弹17枚，其中杀伤弹13枚，汽油弹4枚。13枚杀伤弹均落在我方停战谈判代表团住址以北200米左右处。代表团住宅前及停放在门前的南日将军的车内，均落有杀伤弹弹片。

美方蓄意制造的轰炸案，人证物证俱在。为抵赖其罪行，他们拒绝认真调查，拒绝承认调查所得的是事实，拒绝允许新闻记者前往出事地点观察。他们不仅睁着眼睛说瞎话，死不认账，而且还倒打一耙，诬蔑是中方自己干的。

由于中朝代表团认为自己是前来谈判停战的，因此，

中朝据理力争

对方不可能会对自己下毒手，所以事先没有任何防空准备，不料美方不顾信义，悍然以中朝谈判代表团作为攻击目标。

此次轰炸后不久，李克农、乔冠华和部分工作人员在邓华的极力劝说下，离开了原来的驻地，转移到开城西北山沟里的双爆桥。

随后，代表团的其他成员也相继转移，有的住在青云洞，有的住在开城北部中立区边缘的一个山顶草房里。原来的驻地仅留下张平山、柴成文带着与对方联络的无线电报话机，谈判工作实际上已无法正常进行。

面对如此蛮不讲理的敌人，中央当时的方针是：

准备破，不怕拖，坚决回击，留有余地。

8月28日，"联合国军"总司令部新闻局发表了一个官方文件。在这个文件中，该新闻局虽然涉及金日成将军与彭德怀将军8月27日致李奇微将军的复文中，对"联合国军"一再破坏开城中立区协议事件所作的有理有据的指责，但又不敢将金彭两将军义正词严的复文全文发表，使世人能明了金彭两将军复文的全貌。

另一方面，该新闻局却歪曲事实，隐瞒真相，企图逃脱和推卸"联合国军"一再破坏开城中立区协议的责任。这是一种极不严肃和极不负责任的行为。

朝鲜人民军最高司令部及中国人民志愿军司令部发

言人为了使世人明了事件的真相，特就上述"联合国军"新闻局公布的此一官方文件，发表声明，加以驳斥。

该声明严正指出：

关于姚庆祥排长被杀事件，我方首席代表南日将军在其八月二十八日发表的详细报告中，已经用铁的人证与物证，雄辩地证实了这一谋杀事件是"联合国军"所属部队所作的非法勾当。就是联合国方面联络官穆莱上校在双方联络官共同调查时及"联合国军"代表团首席代表乔埃将军在给我方代表团首席代表南日将军的复信中，也都不能否认这一事实。

声明还说：

对于"联合国军"军用飞机八月二十二日夜空袭开城中立区的事件，"联合国军"总部新闻局也在他们发表的官方文件中，企图抵赖投掷炸弹的军用飞机是"联合国军"的军用飞机，甚至诬指这个事件是我方人员所制造。为了证明这个诬蔑，该新闻局不惜歪曲事实颠倒是非，硬说我方联络官曾拒绝"联合国军"联络官白昼再来调查。然而事有凑巧，"联合国军"所属第五航空队的雷达侦察报告，又恰好证实在发

中朝据理力争

生轰炸与扫射时曾有一架未经识别的飞机出现在开城以西。而这一架未经识别的飞机，既是未经识别的，又何以能识别出它是我方的飞机？这难道不是此地无银三百两的不打自招吗？

在美机轰炸扫射中朝双方代表团的当天，金日成、彭德怀两将军即联名向李奇微提出强烈抗议，并宣布自8月23日起停止会议，以待对方作出处理。

抗议信发出后，不出所料，在9月1日，美方飞机又轰炸冰库洞南日的住所。

对敌人在此期间破坏谈判的种种罪行，中方通过报纸、电台等舆论工具，及时进行揭露，把真相公布于全世界的一切公正人士之前，使敌人有所畏惧。

四、 粉碎美方图谋

● 彭德怀说："我们绝不能指望敌人放下武器，立地成佛。要立足于打，以打促谈。"

● 我中国代表团人员开玩笑说："你别看美国人个子大，他要弯腰的时候也很灵活哩！"

● 毛泽东指示说："为了这个目的，我们还应准备在谈判中和敌人拖几个月。"

揭露美国企图扩大战争

1951 年 9 月初，朝鲜半岛前线的广大指战员摩拳擦掌，准备给敌人以更沉重的打击；后方则积极反击敌人的轰炸，支援前线。

周恩来对自己的爱将与部下非常体贴关心，在乔冠华从事停战谈判工作期间，他特地安排龚澎去开城松岳山麓来凤庄探亲。后来龚澎在北京生下第二个孩子，便给女儿取名"松都"，意为在松山怀孕，在首都北京出生。

由于志愿军某部排长姚庆祥 8 月 19 日遭李承晚军袭击，朝鲜谈判在美军的肆意破坏下中断。接着，美国与南朝鲜发动夏季攻势，幸好中朝军队有所准备，并没有让敌方的阴谋得逞。

其实，早在谈判开始之前，中央就对美方的阴谋有所预料。

6 月 11 日，毛泽东曾致电彭德怀说：

> 已和金日成谈好，目前两个月不进行大的反攻战役，准备 8 月进行一次有把握的稳打稳扎的反攻。

7 月 2 日，毛泽东又指示彭德怀等，"必须准备对付在谈判前及谈判期内敌军可能对我来一次大的攻击"，他要求"争取在十天内，用极大努力，加强第一线部队的人员特别是武器和弹药的补充"。

9日，毛泽东再次指示：

> 应作此次和不下来、还须继续打、还须给敌
> 人以大量的消耗和歼灭，然后才能和下来的打算。

谈判的艰难进展以及美方坚持拒绝讨论从朝鲜撤兵使彭德怀相信，没有战场上的压力要取得谈判成功是不大可能的。

7月24日，彭德怀致电毛泽东说，美国仍处在矛盾之中，中朝方面再打几次胜仗，打至三八线以南，然后再撤回三八线，进行和谈，按比例逐步撤出外国军队，这种可能是存在的。

彭德怀建议志愿军在8月中争取完成战役反击的准备，如敌不进攻，则在9月发起进攻，或待敌进攻，我依靠阵地出击。

毛泽东于26日回电肯定了彭德怀的提议，说：

> 战争没有真正停止以前，我军积极准备9
> 月的攻势作战是完全必要的。

此后，志愿军即开始准备第六次战役。8月8日，彭

德怀向毛泽东报告了第六次战役的意图和基本部署，17日下达了预备命令。

在战场上，中方没有屈服于美方；在会谈中，中方更是据理力争。

9月5日，《人民日报》发表《关于朝鲜停战谈判答读者问》的评论文章，揭露了美方企图用谈判为幌子而扩大战争的阴谋。

文章指出：

美国方面所以采取谋杀我方代表团的野蛮卑鄙的手段来破坏和阻挠开城谈判，第一，就是妄想用恫吓和谋杀的手段来造成压力，掠取朝鲜的领土。从朝鲜停战谈判开始到现在，美国一直采取蛮横无理，又臭又硬的态度，自七月二十六日谈判会议开始进入实质问题的讨论以后，美国就提出要把双方军事分界线设在三八线以北深入我方阵地以内，使我方退出现有阵地共一万二千余方公里，也就是使美国再夺取朝鲜领土一万二千方公里的极端荒谬的要求。在这种荒谬无理的要求受到我方坚决拒绝以后，美方就在会外施行疯狂挑衅，最后竟以谋杀我方代表团的手段，企图迫使我方屈服。第二，就是要继续造成朝鲜和整个国际局势的紧张空气，来造成对美国国会和美国仆从国家的压力，

迫使美国国会通过庞大的军事预算，迫使美国
仆从国家接受非法的美制对日和约，并迫使他
们继续加紧扩军备战。

接着，文章阐述了中方一贯立场：

我们是真诚地主张朝鲜问题和平解决的，
同时我们也准备敌人破裂谈判。我们是不怕敌
人破裂谈判的，在那种情形下我们要以粉碎敌
人的进攻来迫使敌人接受和平。当然，只要还
有任何以谈判方式来解决朝鲜问题的可能，我
们就仍然争取这种可能，以便向全世界表示我
们的仁至义尽的态度，并且暴露美帝国主义的
一切卑鄙野蛮的强盗行为。这将造成美国方面
在政治上更加孤立，会使爱好和平的中朝人民
和全世界人民更加认清美国侵略者仇视和平不
顾信义的真面目，因而会使我们获得全世界人
民更加广泛的同情。

为了粉碎更大规模的挑衅进攻和疯狂侵略，中央号
召全国人民全力加强抗美援朝运动，全力支持朝鲜人民
军和中国人民志愿军代表团在谈判中所坚持的严正立场，
并执行各民主党派各人民团体联合宣言的号召，以长期
的奋斗来达到击溃美国侵略者的目的。

粉碎美方图谋

"敌人已在转弯"

1951 年 8 月 19 日，中央军委对第六次战役进行了反复研究，并指示彭德怀说，我方空军 9 月不能参战，朝鲜正值雨季，运输十分困难，我军粮弹储备只有一个月，如果敌人窥破此点，我将陷入被动；从战术上看，我军出击必须攻坚，而作战正面不宽，敌人纵深较强，彼此策应方便，如战役拖延时间过长，或战而不胜，反易暴露我弱点。

中央军委指示，9 月战役计划，"改为加紧准备而不发动"。

美国与南朝鲜方面对中朝方面施加压力，于 8 月 18 日出动 7 个师发起夏季攻势，企图夺取在谈判中所要求的 1.2 万平方公里土地。

攻势集中在东线朝鲜人民军 80 公里的防线上。

美军与南朝鲜军队遭到朝鲜人民军的英勇抗击，经过一个月的攻击，以 4.6 万人的代价，才推进了 2.8 公里。

9 月 29 日至 10 月 22 日，美军与南朝鲜军又在 200 公里的战线上发起秋季攻势，并对朝鲜北部的交通线展开空中"绞杀战"。

志愿军创造了以坑道为骨干的防御体系，有效地阻击了敌人。

美军虽付出重大代价，但平均推进不足两公里。李奇微后来回忆说：

> 对当时军事上的实际情况有着清醒认识的人，没有谁会相信凭我们手中的这点儿有限的兵力能够赢得什么完全胜利。

在谈判中断期间，双方为谈判地点进行反复的争论。李奇微以开城地区安全没有保障为由，坚决拒绝重返开城。

这段时间，负责谈判的李克农总算有点闲余时间来恢复精力了。

在谈判中，最繁忙的人当数李克农。在这一时期内，由李克农主持的集体会议一般是在 10 时召开，先由第一、二线的人员汇报当天的谈判情况。

情况介绍过后，再研究出现的新问题。李克农归纳后，就谈判中全局性问题再作阐述，讨论出具体方针策略，形成文字上报中央、金日成首相、彭德怀司令员。

每天开会至凌晨，便有电报发向国内毛泽东、周恩来处。他们二位看过朝鲜"克农台"发来的电报，商议以后便发回电。回电通常一个小时左右便可发回"克农台"，李克农看到了国内指示便对当天的谈判方案有了进一步确定。

有时来往文电每天多达十几份，电报内容十分丰富，大到谈判方针、外交策略，小到帐篷、食物、标点符号，事无巨细。

电文量甚大，只毛泽东发给李克农的电文就有几十万字之多。

电文开头一般是这样写："克农，并告金、彭：……"金是金日成，彭是彭德怀。

当时，美、英等国在排除中国参加的情况下，在旧金山举行对日和会，美国政府希望在这种紧要关头避免采取任何可能被解释为导致停战谈判破裂的行动。

9月10日，一架美机侵入中立区进行扫射，击中了会议场所旁边的民房。在中朝方面要求下，美国联络官前来参加调查，并承认此次事件是"联合国军"所为。

11日，乔埃正式为此事表示遗憾，并称将采取"适当的纪律措施"。

13日，毛泽东指示李克农等，乔埃最近的表示，说明"敌人已在转弯"；不管对方今后是否提出更换会址，我方都"应掌握主动，提议或同意在开城复会"。

17日，李奇微在致金日成、彭德怀的信中也承认了对此次事件的责任，并表示"遗憾"。

中朝代表团根据种种迹象分析，认为对方有可能回到谈判桌旁。

在板门店恢复谈判

1951 年 8 月，美军和南朝鲜发动夏季攻势。李奇微叫嚣说："用我'联合国军'的威力，可以达到联合国军代表团所要求的分界线的位置。"

中朝军队胜利地粉碎了敌人的夏季攻势，歼敌 7.8 万人。

美国参谋长联席会议主席布莱德雷说："这次的攻势是没选好时机，没选好地点，没选好敌人的败仗。"这次攻势，敌人主要打朝鲜人民军，人民军坚守 851 高地，守得很顽强。敌人往那里冲的时候死了很多人，所以敌人称这个地方为"伤心岭"。

9 月 19 日，金日成、彭德怀致函李奇微，建议双方代表立即恢复在开城的停战谈判。但李奇微 23 日的回函仍然坚持更换谈判地点。

美国国务院于 25 日指示李奇微，国务院不愿看到因美方坚持拒绝在开城谈判而使谈判破裂。

李奇微于是不再坚持要把谈判地点改在开城以南 8 英里的地方。

9 月 29 日，美军又向志愿军阵地发动秋季攻势，威胁开城侧翼，妄图夺取开城。

志愿军第四十七军、六十四军顽强抗击，在 20 天的

粉碎美方图谋

战斗中毙伤敌人 2.2 万人，敌人以失败告终。

接着，志愿军在东线也粉碎了敌人的疯狂进攻。

当时，美国三军联席会议参谋长讽刺李奇微：按照你这样的进攻速度，要打到鸭绿江也得 20 年。

在敌我力量相对均衡，不能迅速解决朝鲜问题的情况下，党中央在政治上采取和谈方针，在军事上也适时地制定了"持久作战，积极防御"的战略方针。

在战场上"辩论"的结果不行，美国自己内部也有了压力，这样，美军不得不回到谈判桌上来。这就形成了军事斗争与政治斗争交织的边打边谈的相持局面。

对于这种局面，在谈判之初彭德怀就预料到了：

> 我们绝不能指望敌人放下武器，立地成佛。
>
> 要立足于打，以打促谈。

为了恢复谈判，美军在板门店扫射了一辆农民的牛车，并趁机提出双方联络官会晤。原来双方都中断了接触，这下美军用违反协议的办法又把钩挂上。

当时，我中国代表团人员开玩笑说："你别看美国人个子大，他要弯腰的时候也很灵活哩！"

双方联络官见面以后，美军的态度比以前温和。中方的联络官对打牛车一事提出抗议，人证物证都摆出来了。美方人员说："这完全是误会，我们错了，对不起。"

美方当场口头道歉，并建议双方代表团会谈时解决这个问题。

10月4日，李奇微在致金日成、彭德怀的函中建议，由中朝方面提出在双方战线中间可供选择的地点。

10月7日，金日成、彭德怀在复函中提议，将会址改在板门店，并建议双方首先就扩大中立区及会址安全问题作出安排。

第二天，李奇微同意在板门店恢复谈判。

双方联络官从10日起开始会商，直到23日才达成板门店会场区及板门店至开城、板门店至汶山通道安全的协议。

1951年10月，毛泽东主持召开中共中央政治局扩大会议。在这次会上，大家预计：1952年抗美援朝战争或者达成停战协议，或者还要再打一个时期，方能达成停战协议。

10月10日，停战谈判地点由来凤庄迁到板门店，双方又将回到谈判桌上来。有人估计，这次有可能达成停战协议了。

可是，乔冠华却独具慧眼，他给代表团成员讲话，作出如下分析：

粉碎美方图谋

> 中央估计战俘问题不难达成协议，我多少有些担心。最近范佛里特总部军法处长汉莱的声明是个信号，他竟诬蔑我方杀害战俘……李奇微虽支持汉莱的声明，但不敢让汉莱同记者

见面。奇怪的是杜鲁门竟于汉莱声明的第二天，声称"中国军队杀害在朝鲜的美军俘虏，是一百多年来最野蛮的行为"。一个大国的总统，居然支持连国防部都否认的一个集团军军法处长的声明，这不是一般情况，似乎道出了美国决策集团有可能要在这个问题上做什么文章，我没有把握，但我提醒同志们研究这个问题。

就这样，中断了 63 天的谈判将于 10 月 25 日在双方商定的新会址板门店恢复。

美军接受中方军事分界线方案

1951 年 10 月 25 日，停战谈判地点由来凤庄迁到板门店，双方又回到谈判桌上来。此时，双方代表团的成员都有所调整。

在此前的 23 日，中方宣布以刚刚卸任的前中国驻苏联武官边章五接替邓华，邓华则仍回志愿军司令部协助彭德怀指挥作战。

另以郑斗焕代替张平山为谈判代表，对方则以李享根接替白善烨。

当时，志愿军代表团内部的党委也进行了调整，书记仍是李克农，副书记由原任中国人民志愿军政治部主任杜平担任，委员有边章五、乔冠华、解方、柴成文。

杜平原来没有从事过外交活动，他克服"欠缺外交头脑"的弱点，虚心向乔冠华等行家学习，相互促进。他认为，凭着几十年对敌斗争的经验，坚信我们共产党人外交方面的才能绝不低于敌人。我们既能在战争中学习战争，在战场上打败敌人，也一定能在谈判中学会谈判，赢得谈判的成功。

杜平是位老红军，久经沙场，待人热情，对乔冠华很尊重。他来到开城后，与乔冠华住得很近，接触颇多。

在他印象中，乔冠华为人十分随和，彼此很快成为

粉碎美方图谋

"很谈得来"的好朋友。杜平后来回忆说：

> 乔冠华很活跃。笑也笑得很潇洒，骂也骂得利落。他天性好动，外出时，手里喜欢拿根文明棍，不停地摇着，大有学者之风。他在德国读过哲学，懂得几门外语，对中外文学有研究，笔头很锋利。当时，代表团给北京的文电稿大都由他起草。乔冠华平时有两大嗜好，一是香烟，二是茅台酒。一次喝醉了，李克农瞪着直摇头："这可不行，在外交场合要误事的。"我和乔冠华年龄相仿，很谈得来。饭后经常一起散步，并以做些打油诗取乐。

10 月 29 日，周恩来为毛泽东起草的电报指示：

> 双方接触线确定后，我方即应主动地提出就地停战稍加调整的方案。

电报还指示，要积极解除对方拖延停战谈判的任何借口。

10 月 31 日，中朝方面提出了一个就地停战、稍加调整、确定军事分界线的方案。"稍加调整"本来就是为了照顾对方经常讲的"要有可守的防御阵地"。

可是在讨论中，双方对如何调整的意见产生分歧。

美方认为中朝方面急于达成协议，便提高要价，提出把开城划入中立区，中朝方面表示反对。

11月7日，中朝方面提出修正案，即以现有接触线为军事分界线，双方各后撤两公里为非军事区。美方仍坚持要把开城划入中立区。这一要求除了军事方面的考虑，主要是李承晚施加压力的结果。

参谋长联席会议认为，中朝方面的建议符合美国关于军事分界线的最低要求，是可以接受的，遂指示李奇微尽快达成协议。

11月8日，李奇微复电参谋长联席会议，解释开城的重要性。他说：

> 拥有开城对于共产党人来说从政治上和心理上是重要的，因为它在三八线以南……它对"联合国军"在政治上和军事上是重要的，因为大南朝鲜民国政府坚持要求联合国军保有开城，也因为在亚洲这将在某种程度上被看做对共产党威信的打击和我们自己威信的提升。

美国参谋长联席会议对谈判因开城问题进展缓慢感到不满，于11月13日指示李奇微说，"现在的实际接触线作为军事分界线是可以接受的，下个月可能发生的战斗也不会实际上改变这一点"，要求早日解决军事分界线问题。但李奇微却不愿意痛痛快快地这样做。

李奇微反驳说，过早接受现在的实际接触线作为军事分界线，"势必延迟得到一种可接受的和光荣的停战的可能性"，他以当年麦克阿瑟的口吻威胁说：

> 你们所指示的行动方针将一步一步地导致牺牲我们的基本原则，导致使如此众多的勇敢人们为之捐躯的事业付之东流……如果我们立场坚定，那就会赢得很多。如果我们作出让步，那就会失掉一切。我以我的整个良知敦促你们采取坚定立场。

李奇微虽然说得慷慨激昂，参谋长联席会议却不为所动。14 日，参谋长联席会议再次命令李奇微执行指示，而"不要有不该有的拖延"。

在粉碎美南朝鲜军队的夏秋攻势后，为了配合谈判，中朝军队于 11 月 5 日至 30 日利用渔船进行渡海作战，攻占了两岸的一些岛屿，志愿军航空兵第一次直接配合陆军作战。

同时 10 月底到 11 月下旬，志愿军的 6 个军又发动局部反击，最后夺回并巩固了 9 处阵地，驻开城地区的部队又扫荡了开城以南的南朝鲜军队。

这些攻防作战规模虽然不大，战略意义却极为重要。它表明，中朝军队完全可以守住现有的战线。

秋季防御作战以后，中国政府鉴于战局已趋稳定，决定缓解国内的半临战状态，以加速经济建设。1951 年的财政预算较 1950 年增加了 60%，而其中军费开支占了 48%，32% 是直接用于抗美援朝战争的。

到 1951 年秋，入朝部队已达 115 万人。11 月，中央军委决定将在朝兵力减少 26 万人，同时将全军总数于一年半之内由 611 万精减到 400 万，并为志愿军确定了"节约兵力、物力和财力，争取持久的积极防御的作战方针，坚守现在战线，大量消耗敌人，以争取战争的胜利结束"的总战略目标。这样，"持久作战，积极防御"的战略指导方针正式确定下来。

中朝方面关于军事分界线的建议赢得了美国国内舆论和美国盟国的同情和支持。《纽约时报》11 月 11 日的社论指出，既然在诸如停火这样的"大问题"上已经达成协议，为什么还要在开城归属"这种无关紧要的小问题"上纠缠不休呢？

第二天，该报的另一篇报道说：共产党已经作了重要让步，而"联合国军"却继续提出越来越多的要求。

到 11 月，美军的伤亡已近 10 万人。美国领导人担心，随着伤亡的增加，美国公众对于迅速结束战争的压力将会增加，对于谈判的继续拖延将越来越失去耐心。

美国的盟国也在敦促美国在谈判中采取灵活立场。

《泰晤士报》载文要求，应该以三八线作为南北的分界线。

英国政府当时在中东、南非遭到一系列挫折，国内

粉碎美方图谋

经济状况又很糟糕，10 月适逢大选，工党和保守党都以拥护和平的面貌进行竞选，他们都不愿意支持可能导致战争延长的强硬立场。

法国也是自顾不暇，在国内采取了紧缩财政开支的措施。

这些国家都希望朝鲜战争早日结束，美国能更多地承担欧洲的防务义务，并以更多的资源用于对外经援。

迫于国内国际的压力，李奇微终于同意了中朝方面的方案。

其实，早在谈判一开始，中国代表团就提出就地停战。原先中方提出在"三八线"，美方不同意，硬要 1.2 万平方公里的土地。

这次中方提出停战，部队在哪儿就在哪儿停下来，在中间划条线，各自后退两公里，形成非军事区。

这个主张是完全合理的，但美军仍然反对，又提出把开城划入他的占领区。

为了打击敌人的嚣张气焰，彭德怀决定以 5 个军各一部分向敌人营以下兵力防守的 26 个阵地发起攻击。

经过争夺，志愿军占领了敌人的 9 处阵地。在谈判桌上，他们在武力夺取开城无望的情况下，被迫同意了中方提出的以现有实际接触线为军事分界线、双方各后撤两公里以建立非军事区的主张。

接着，双方协议，如在 30 天内军事停战协议签字，已确定的军事分界线不予变更，否则将按实际接触线进行修改。

对此，美方代表说："你占这些地方，将来我还让你再退。"

中方代表说：

那么好吧，到停战协定签字时再校核一次。

这样，经过 4 个月的斗争，美军不得不接受中方的方案，终于在 1951 年 11 月 27 日达成分界线协议：

以双方现有实际接触线为军事分界线，双方各由此线后退 2 公里以建立军事停战期间的非军事区。如军事停战协议在本协议批准后 30 天后签字，则应按将来实际接触线的变化修正上述军事分界线与非军事区。

实际上，在旷日持久的谈判的同时，战场上的实际接触线在缓慢南移，到停战协议正式签订前夕，军事分界线曾进行过 3 次校正。

粉碎美方图谋

达成停战监督问题协议

　　1951 年 11 月，分界线问题达成协议以后，双方就转入下一个议程：实现停火、建立非军事区、成立联合军事停战委员会，以安排和监督停战等问题。

　　按顺序，应首先谈停战监督，然后再谈战俘问题。美国代表团总想在谈判上占点儿便宜，提议两个问题可同时进行，这样可以加快停战谈判的进行。

　　表面看来有点道理，实际上美军是想东方不亮西方亮，这个不行我就谈那个。他们同时提出，最好是采取小组会的办法，分两个小组谈，一个谈停战监督，一个谈战俘问题。

　　11 月 27 日开始谈停战监督问题。最初美军拿出来的方案还是想要高价，给谈判带来了一连串麻烦。

　　双方在下列问题上斗争激烈，其焦点是在沿海岛屿问题上，即如何保证停战的稳定而又不损害朝鲜的主权。但美方拒绝从军事分界线以北的所有岛屿撤出。

　　中朝人民军队组织 4 次渡海作战，收复黄海道近海的大部分岛屿，迫使美方与朝中方面达成协议：

　　黄海道与京畿道界以西的所有岛屿，除白翎岛、大青岛、小青岛、延坪岛和隅岛外，均置于朝中方面军事控制之下。

在增加军事力量问题上，斗争的焦点是美方企图限制朝中方面战后在主权范围内修建机场。

朝中方面在这个问题上毫不退让，美方最终放弃了自己的主张。

朝中方面在兵员轮换问题上同意美方意见，双方达成协议：

> 兵员轮换在一人换一人的基础上进行，每月不得超过3.5万人；作战物资的替换，在同样性能同样类型的一件换一件的基础上实施。

谈到监督与视察问题时，美方主张由双方组成军事停战委员会在朝鲜全境"自由视察"。

朝中方面反对这个主张，认为这是干涉朝鲜内政和侵犯朝鲜主权，建议成立中立国监察委员会，负责就双方同意的后方口岸进行必要的视察，并向双方停战委员会提出报告。

美方最终接受了这一建议。

在中立国监察委员会成员和口岸数目问题上，朝中方面作了一定让步，双方达成协议：

> 由波兰、捷克斯洛伐克、瑞士、瑞典四国

粉碎美方图谋

组成中立国监察委员会，在双方各 5 个口岸（朝鲜北方为新义州、清津、兴南、满浦、新安州；朝鲜南方为仁川、大邱、釜山、江陵、群山）进行视察。

一开始，美方提出参加"联合国军"的国家来监督，限制朝鲜修机场，如果有破坏协议的，还要派检查小组到现场去。如果这个方案我们接受的话，那就等于承认是战败国，让美军到我们的区域里随便横行。

因此，中方坚决反对，并提出公平合理的主张。

在战场上，针对美方拒不撤出后方沿海岛屿和海面的无理行径，中朝部队组织渡海作战，攻占了 10 多个岛屿，粉碎了敌人妄图利用三八线以北岛屿破坏我军安全的阴谋。美军又丧心病狂地发动灭绝人性的细菌战，中朝方面向全世界作了无情的揭露。

在威胁手段失败后，美军又假惺惺地大谈所谓"美中友谊"，中方则一针见血地进行驳斥。

在停火监督问题上，双方的分歧主要在于：中朝方面主张，停战以后双方武装力量应即停止一切敌对行为，并在规定期限内自非军事区和对方后方和沿海岛屿及海面撤走，双方指派同等数目人员组成停战监督委员会，共同负责监督停战的实施。

美方要求停战监督机构得以自由出入朝鲜全境，即要到对方后方进行地面和空中视察，在维持停战时双方不增加军事力量。

显然，美方十分担心中朝方面利用停战增加兵力。

为了解除对方顾虑，中朝方面在 12 月 3 日提出两条补充建议：停战后"双方不从朝鲜境外以任何借口进入任何军事力量、武器和弹药"；监督措施分为两部分，即对非军事区的监督由停战委员会负责，对非军事区以外的后方的监督交由中立国监督机构负责。

12 月 12 日，针对中朝方面的新提案，美方提出对案，同意中立国视察后方口岸的原则，但要求轮换部队与补充武器弹药，并提出禁止朝鲜境内飞机场和航空设备的恢复、扩充与修建。

中朝方面考虑到美国士兵前线服役 10 至 12 个月就要轮换回国的制度，同意了美国的要求，也允许美方进行必要的武器装备的替换，但不同意上述对机场和航空设备的限制。

为了消除对方的戒心，中朝方面在 12 月 24 日对案中提出"不得从朝鲜境外进入任何作战飞机"的规定。双方在小组委员会上反复争论，直到 1952 年 1 月 27 日仍然毫无结果。

双方同意小组会暂时休会，举行参谋会议，就已经达成的协议作细节讨论。但谈判过程中的真正绊脚石却是战俘问题，这是中朝方面始料未及的。

最后，美方坚持在限制修建机场问题和中立国提名问题上讨价还价，他们既怕中方修建机场，又怕中方提

粉碎美方图谋

名苏联为中立国。

当时，中方便以提名苏联为中立国，压制美方放弃限制中方修建机场。

至后来的 1952 年 4 月 28 日，美方终于撤回了对中方修建机场的限制，中方也放弃了提名苏联为中立国的要求，双方同意由波兰、捷克斯洛伐克、瑞典、瑞士组成中立国监督委员会。

1952 年 5 月 2 日，双方就停战监督问题达成协议。

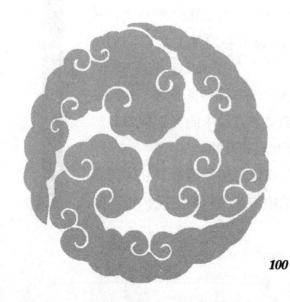

谈判中断六个月之久

1951年12月12日，讨论战俘的安排问题的小组会开始。经李克农与乔冠华商议，中朝代表团派出李相朝和柴成文作为该小组谈判代表，对方出席的是海军少将李比和陆军上将希克曼。

会议一开始，中方代表便根据李克农、乔冠华的指示，提出停战以后立即遣返战俘的原则。但对方拒绝对此表明态度，坚持必须首先交换战俘名单。

在这个问题上，美方表现得十分顽固。美军坚持主张"一对一遣返"、"自愿遣返"。

所谓"一对一遣返"，意味着美方将扣留我方10余万被俘人员。所谓"自愿遣返"，看来很民主，实质上完全不是那么回事。

在美军手里的战俘，怎么能表达"自愿"呢？实质是强迫扣留。所以争论的焦点是全部遣返还是强迫扣留。

早在入朝作战初期，志愿军根据解放战争中与国民党军队作战的经验，为了瓦解敌军士气，宣扬我军政策，曾经数次释放战俘。

毛泽东批准这种做法，甚至指示"尔后应随时分批放走，不要请示"。停战谈判开始后，中朝方面仍不认为战俘问题会成为谈判的障碍，而指望这一问题会迅速得

粉碎美方图谋

到解决。

在 12 月 12 日讨论战俘问题小组会开始后，中朝方面根据 1949 年 8 月的日内瓦公约的规定，立即提出"双方释放现在收容的全部战俘"等五点建议。

在释放战俘问题上，美国政府内部有不同意见。五角大楼主要关心的是在战争结束时能让被俘的美国军人全部返回，因此倾向于全部遣返的办法，国务院则反对全部遣返。

艾奇逊和一些国务院官员以及杜鲁门本人主张"自愿遣返"，主张遣返在一对一的基础上进行。这主要出于政治上的考虑。艾奇逊称：

> 任何强迫遣返战俘的协定……都与我们关于个人重要性的基本道义和人道原则背道而驰，都将严重危及美国旨在反对共产党的心理战作用的发挥。

美国陆军心理作战处处长麦克卢尔认为，全部遣返将会对美国的心理战行动产生非常不利的影响，他主张将"投降"的战俘遣返到台湾去。

也就是说，一方面，美国可以利用战俘被遣返后可能受到"迫害"的问题大做文章，掀起一场"人权攻势"，以丑化共产党国家，并证明中国军人不是志愿而是"被强迫"到朝鲜来作战的。

另一方面，美国要制造"共产党士兵一落到我们手里就可以逃亡"这样一种情势，他们认为这"对共产党是有威慑作用的"；而如果全部遣返，将来发生大战时将无人投降。

这种争论在美国政府内部持续了数月之久，最后自然是"自愿遣返"的主张占了上风。

早在停战谈判开始前，李奇微就在1951年6月30日接到指示："战俘应尽快在一比一的基础上进行交换。"

12月7日，参谋长联席会议在给杜鲁门的报告中重申了这一原则。国务院根据总统指示又加了一句：

> 只要不会导致谈判的破裂，谈判者应当强有力地坚持这一立场。

1952年1月3日，在联合国大会政治委员会的会议上，苏联代表团团长维辛斯基提出一个加强国际和平与安全的建议。

在这个建议中，苏联除主张联合国大会取消集体措施委员会这个扩大侵略战争的阴谋组织之外，并建议考虑消除目前国际紧张局势和建立国际友好关系的措施问题，而首先是为帮助朝鲜停战谈判获得顺利结束所应采取的措施问题。

在美国继续蛮横无理地阻挠与拖延朝鲜停战谈判，而继续制造国际紧张局势的情形下，苏联政府这种进一

粉碎美方图谋

步争取和平的努力，是十分重要的。

顺利完成朝鲜停战谈判，实现朝鲜停火，是中朝人民和苏联人民一贯努力和争取的目标，也是全世界爱好和平人民一致的、迫切的要求。

在朝鲜实现停火，不仅将使朝鲜问题有可能得到和平解决，并且也将由此而打开和平解决远东其他问题和消除世界紧张局势的大门。

在朝鲜停战谈判开始以来，朝中方面的代表始终表现了在公平合理的基础上积极争取达成协议的精神。但是尽管如此，朝鲜停战谈判却由于美方采取了种种可耻的方法进行阻挠和拖延，以致进行了半年之久，还没有成功。

美方这种拖延谈判的蛮横无理的态度，遭到中方代表及世界爱好和平人民的严厉斥责，并引起美英人民的普遍愤怒及其同盟国家的不满。

当时，《人民日报》发表文章指出：

他们以骗子的面目出现，硬把他们企图扣留我方被俘人员，拒绝双方全体战俘的释放与遣送，说成是他们的"人道主义"原则，说成他们是"一心只想到这些人（指美军被俘人员）的福利和他们家庭的哀痛"；他们以无赖的面目出现，一面要挟他们的同盟国对侵朝战争"在军队及其他方面作最大的贡献"，一面独断专横

地为他们本身的利益拖延朝鲜谈判，而不许他
们的任何同盟国与闻谈判中的任何问题。

　　双方就战俘问题讨价还价，争论不休。这样的小组
委员会已经开了 50 多次，对峙的局面不仅没有消除，反
而越来越僵。

　　为了打破这种僵持的局面，乔冠华与李克农一起，
带领中方参加该项议程谈判的参谋人员，经过反复深入
的研究斟酌，提出一个扫清外围、孤立重点、迫使对方
在遣返俘虏原则上让步的新方案。

　　这个方案由乔冠华起草，经代表团党委讨论，最后
形成定案，直接上报国内毛泽东。

　　由乔冠华起草的这一文件文思缜密，结构严谨，内
容翔实，考虑到了双方各自的利益，合情合理。它是乔
冠华昼夜思索、凝聚无数心血的成果，当然，它也渗透
了李克农以及代表团全体成员的辛劳与汗水。

　　因此，当这个方案在谈判中一提出，美南朝鲜代表
尽管前思后想，又是研究，又是讨论，最后不得不原则
上表示同意。

　　自战俘问题开始谈判以后，美方便一直阴谋强迫扣
留我方被俘人员。

　　1952 年 5 月 7 日，巨济岛美军第 76 号战俘营的中方
被俘人员，为抗议美方强迫扣留中方被俘人员所使的暴
行，曾激愤地扣留了美战俘营负责人杜德准将。这就是

粉碎美方图谋

共和国的 **历程**

· 停战谈判

当时震惊中外的"杜德事件"。

"杜德事件"是美国侵略者惨无人道的战俘政策的恶果。中方就此提出抗议，使得美方代表狼狈不堪。乔埃垂头丧气地说："巨济岛事件使我们变得很愚蠢了。"

美方一方面在谈判中讨价还价，拖延时间；另一方面却在巨济岛残酷迫害我被俘官兵。其暴行被媒体披露之后，便在全世界引起了愤怒的抗议浪潮。

美国国内也发生了美俘家属联名向杜鲁门、艾奇逊要求遣返全部战俘的请愿运动。华盛顿受到了冲击，美国谈判代表团也不那么神气了。

中方代表团决定抓住这个有利时机，向对方发起新的进攻，迫使对方走下一步。当时，乔冠华在代表团里起了很大作用。

谈判代表团的分析会经常开到深夜。平时每天一次这样的预备会，大都由乔冠华主持。会上大家自由发言，各抒己见，分析敌人明天可能会提些什么问题，该怎样回答。最后由秘书处的几个人员整理综合，经李克农过目后，连夜向上级汇报。

待上级答复后，即打印成文，给参加谈判的正式代表每人一份。他们每天到会场都是拎一大叠纸条。这样，不管对方提什么问题，代表们都能有条不紊地给以答复或者批驳。

如果对方提的问题，代表团事先没准备，这也不要紧，就向对方提出暂时休会，在电话上与李克农或乔冠

106

华商讨对策。

每次开这样的预备会议，乔冠华总在身边放一个茅台酒瓶子，说到高兴时就品一口茅台酒。但在谈判战俘问题的这几天，乔冠华却顾不上去喝酒了，因为李克农和朝鲜方面都一起来参加分析会。

中国代表团分析的结果是，经过 10 个月的谈判，只剩下一个战俘遣返问题。美方在最后这个问题上同我们纠缠，把移交我方的被俘人数，从 13.2 万退到 11.3 万，又退到 7 万，这就表明，美国政府不想在这个时候使战争停下来。

代表团认为，原因可能有两个：

一是美国四年一度的大选即将开始，发动侵朝战争的共和党人杜鲁门总统，害怕战争的结束影响竞选；二是美国要在 1954 年的财政预算中增加军费开支，而朝鲜战争的继续进行则是最好的论据。

以后，在会场上每次见面时都是美军提出："你们有什么新的问题吗？""你们有什么新的建议吗？"

中方答复"没有"。最初休会还是有期限的，3 天或 5 天，以后越来越长，一直到 1952 年 10 月 8 日哈里逊单方面宣布无限期休会。

为了把美方破坏谈判的真相公之于世，10 月 16 日，

粉碎美方图谋

中方联络官把金日成、彭德怀签署的致克拉克的信交给对方，明确指出，美方拒绝协商，中止谈判，应该负起破坏停战谈判的全部责任。

10月19日，克拉克复函，拒绝恢复谈判，使谈判中断了6个月之久。

拖到美国愿意妥协为止

1952 年 4 月 22 日，李克农将谈判情况向毛泽东、彭德怀和金日成汇报，请示谈判中应采取的方针。

毛泽东在当日指示说：

> 同意在 22 日两组会议上的方针，继续采取强硬态度。只有这样做，才能使自己立于主动地位和迫使敌方让步。为了这个目的，我们还应准备在谈判中和敌人拖几个月。

1952 年 4 月 28 日，杜鲁门宣布以克拉克接替李奇微继任"联合国军"总司令，李奇微调任北大西洋公约组织总司令。5 月 22 日，第八集团军参谋长哈里逊接替乔埃任美方谈判首席代表。

1952 年夏季，谈判仍然处于僵持状态，关于遣返战俘问题的原则分歧使谈判陷于僵局，5 月间巨济岛的中朝战俘又发生了抗暴事件。美国政府决定继续施加军事压力。

6 月下旬，美空军对北朝鲜的水丰、长津湖、赴战等 10 余座水电站进行狂轰滥炸，7 月中旬，又对平壤、黄州、沙里院地区的工业设施和补给基地进行了开战以来

粉碎美方图谋

规模最大的轰炸。

与此同时，在国内和盟国要求停战的呼声越来越高的情况下，美方谈判代表于 7 月 13 日提出了遣返战俘 8.3 万人的新建议。

对于 8.3 万人这个数字，中朝代表团一度倾向于接受。李克农于 13 日和 14 日报告毛泽东说：

> 这个数字比中方估计的高，离中方 9 万上下的底盘不远，继续争取数字已无意义，可以接受作为解决战俘问题的基础。

毛泽东否决了这一建议，他指出：

> 我们的同志太天真了。谈判不在数字之争，要争取在政治上、军事上有利情况下的停战。在敌人压力下接受对方方案，等于是结城下之盟，于我不利。

7 月 18 日，毛泽东还致电金日成解释他的决定。毛泽东指出，在敌方对北朝鲜狂轰滥炸的情况下接受这一挑衅性和欺骗性的建议，必将使敌人变得更狂妄，并有损我们的威信。如果我们坚决拒绝对方建议，并表示不怕敌人破裂谈判，则敌人必不敢使谈判破裂，而且将作出新的让步。

7 月 15 日，中国领导人致电斯大林通报朝鲜停战谈判的情况，阐述中国政府的立场。

斯大林表示理解和支持，并于 7 月 16 日致电毛泽东说：

> 你们在和平谈判中所持的立场是完全正确的。

遵照毛泽东的指示，中朝方面在 7 月 18 日拒绝了遣返战俘 8.3 万人的建议。

中方在谈判中继续采取强硬立场的原因之一，是中朝方面军事装备的改善。

1952 年春，志愿军从苏联获得较先进的武器装备，大大提高了战斗力，空军、炮兵、坦克部队也初具规模。到 1952 年 6 月，中国空军的飞机已达到 1800 多架，其中 1000 架为喷气式战斗机。

8 月初，毛泽东在一次会议上谈到：

> 现在我们的部队减少了，但是装备加强了。我们过去打了二十几年仗，从来没有空军，只有人家炸我们。现在空军也有了，高射炮、大炮、坦克都有了。抗美援朝战争是个大学校。我们在那里实行大演习，这个演习比办军事学校好。

也就是说，中国领导人认为，是美国而不是中朝方面更急于结束战争。既然这样，中方的强硬立场也就不难理解了。

9 月 28 日，美方提出释放和遣返战俘的新方案，即一待停战协议生效，所有愿意遣返的战俘将予迅速交换；以前曾表示反对遣返的战俘，将被带到非军事区内由中立国加以询问，然后前往他自由选择的一方。

中朝方面认为这仍然是"自愿遣返"，换汤不换药。中朝方面于 10 月 8 日提出对案：

> 一待停战协议生效，双方全部战俘一律送到非军事区双方协议的交换地点，交给对方验收；然后经过双方红十字会联合小组的访问，按照国籍、地区进行分类、遣返，保证全体战俘回家过和平生活。

当时，美方仍称，"强迫遣返所有朝中战俘，是不尊重战俘的个人人权"，宣告无限期休会。板门店谈判又告中断。

1952 年 9 月，朝鲜地面战场上为时 10 个月之久的"保持接触"的胶着状态终于结束。为了取得军事上的有利地位，双方又展开了激烈的攻防作战。

9 月 18 日至 10 月 31 日，中朝军队在 180 公里长的地段上向敌 60 个目标进行了 77 次进攻。根据攻占目标后能守即守，不易坚守则放弃的方针，经反复争夺，占领敌连排支撑点 17 处，估计杀伤敌 2.7 万人。

美军为了夺回地面作战的主动权，于 10 月中旬发起金化攻势，美军选择地势较为险峻的上甘岭作为主攻目标。从 10 月 4 日到 11 月 25 日，双方在上甘岭地区不足 4 平方公里的高地上，展开了长达 43 昼夜的攻防争夺战。志愿军以坑道为骨干、与野战工事相结合的纵深防御体系为依托，最终挫败了敌夺取上甘岭的计划。

1952 年 11 月，艾森豪威尔当选为美国第三十四任总统。他的当选很大程度上是因为他迎合了美国人民渴望结束战争的愿望。他向美国人民许诺说：

> 新的领导班子所要做的第一件事就是……尽早地、体面地结束朝鲜战争，这是我对美国人民的保证。为了完成这项任务，必须有一个全新的领导班子，其理由非常简单，你不能指望那个旧班子来纠正它未能阻止战争爆发的错误。

尽快结束朝鲜战争，成了艾森豪威尔政府在外交方面面临的首要任务。

11 月 30 日，已经回到北京主持中央军委日常工作的彭德怀司令致电代司令邓华，要求"立即进行反登陆的

粉碎美方图谋

共和国的历程 · 停战谈判

准备工作，以预防来春敌人从我翼侧登陆"。

毛泽东进而指示：

> 美军肯定会登陆，肯定从西海岸登陆，肯
> 定在清川江到汉川间登陆。

1952 年冬，中朝方面集中进行反登陆战准备，搜集资料，研究战例，重新学习，准备方案，部署兵力，构筑工事，进行海上防御实兵演习，并调整和充实了东西两岸的指挥机构，做到了严阵以待，有备无患。

中朝方面还进行了大小战斗 760 余次，歼敌 5 万余人。随着战争的拖延，美军的死亡名单越来越长。

美国政府的换届及战场的形势显然给中国带来了某种打破和谈僵局的希望，周恩来指示乔冠华等研究谈判形势。

1953 年 2 月初，毛泽东、周恩来根据朝鲜半岛战局的发展变化，分析美国有可能再次回到板门店谈判桌上来，于是电告李克农、乔冠华，要他们就"是否可以再给他（指美国）一个台阶下，是否由我方主动提出复会"的问题，要乔冠华研究并提出建议。

2 月 19 日，乔冠华复电毛泽东、周恩来，陈述了自己的看法：

> 根据最近情况，大体可以肯定，美国在战

114

场上耍不出什么花样来。解除台湾中立化，只是自欺欺人的拙劣把戏；封锁搞不起来；两栖登陆困难更大。艾森豪威尔欲借以吓人，殊不知人未吓倒反吓倒自己……如果我正式在板门店通知对方无条件复会，美国态度将是拒绝的居多……如果我以金、彭致函形式，对方可能认为我性急，有些示弱，反易引起对方幻想。

结论是一动不如一静，让现状拖下去，拖到美国愿意妥协并由他来采取行动为止。

毛泽东、周恩来同意了乔冠华的看法。

果然，3 天后的 2 月 22 日，"联合国军"总司令克拉克致函朝中方面，建议在板门店先就交换战俘问题进行谈判。

4 月 26 日，中断了 6 个月零 18 天的停战谈判，又在板门店重新开始了。

粉碎美方图谋

周恩来提出遣返战俘新建议

1953 年 3 月 8 日至 17 日，周恩来率中国党政代表团赴莫斯科参加斯大林的葬礼。

周恩来利用这一机会与苏联领导人讨论结束朝鲜战争的问题。

3 月 19 日，苏联部长会议通过决议：为了中朝两国人民和世界爱好和平人民的最根本利益，应当结束朝鲜战争，并对中、朝、苏联政府、苏联驻联合国代表应采取的行动作出具体建议。

苏联的建议与中国政府恢复谈判的本意是吻合的。毛泽东于 1953 年 3 月 23 日指示彭德怀说，对克拉克的建议，一方面，要"提高警惕，设想坏的情况，并做必要准备"；另一方面，"这可能是对方有意在板门店转弯的一个试探行动"，我方不要再像过去那样采取不分轻重一事一抗的方针，"最近一星期内，如无重大事件，望不要向对方送抗议"。

根据苏联政府的建议，中、朝、苏在 3 月和 4 月间采取一系列重要措施。

3 月 27 日，毛泽东致电金日成说：

现拟以金、彭名义复克拉克一信，表示我

方完全同意关于在战争期间先行交换双方病伤战俘的建议，以重开谈判之门，然后由北京、平壤、莫斯科相继发表声明，准备在遣返战俘问题上作一让步，以争取朝鲜停战，但也准备在争取不成的情况下继续打下去。

28 日，金日成、彭德怀复函克拉克，同意交换伤病战俘，并建议立即恢复在板门店的谈判。

30 日，中国外长周恩来提出了一个通盘解决战俘问题的新建议：

谈判双方应保证在停战后立即遣返其所收容的一切坚持遣返的战俘，而将其余战俘转交中立国，以保证对他们的遣返问题的公正解决。

这一声明在国际上产生了重大影响。

31 日，金日成发表声明，热烈支持周恩来的建议。4 月 1 日，苏联外长莫洛托夫发表声明，支持周恩来和金日成的主张，并建议联合国中应有中、朝两国的合法代表。

美方仍有人主张要将战争升级，如艾森豪威尔的白宫助理休斯 3 月底告诉总统，杜勒斯认为朝鲜的政治解决要求"把中国人狠揍一顿"。艾森豪威尔说：

粉碎美方图谋

如果杜勒斯和他的所有高级顾问确实认为我们不能进行和谈，那我就进错了教堂。现在我们要么把所有这些愚蠢念头统统抛弃，并且认真地进行和谈，要么就根本不去进行和谈。

艾森豪威尔于 4 月 2 日明确指示杜勒斯，要首先完成伤病战俘的交换，然后进行更广泛问题的谈判。

停战谈判联络组会议于 4 月 6 日开始举行，并于 11 日签署遣返伤病战俘的协定。

4 月 26 日，中朝方面将美方伤病战俘 684 人释放完毕，5 月 3 日，美方宣布将中朝方面伤病战俘释放完毕，共 6670 人。

在后来的 1953 年 7 月 27 日 10 时，在板门店，双方首席代表南日大将和海立胜中将在停战协定和补充协议上签字。随后，朝鲜人民军最高司令官金日成元帅在平壤，中国人民志愿军司令员彭德怀在开城，"联合国军"总司令克拉克上将在汶山分别签字。

朝鲜停战谈判历时两年，经历了迂回曲折的过程。朝中方面边打边谈，以打促谈，谈判中坚持原则，讲究斗争策略，终于同美方签订了《朝鲜停战协定》，结束了长达 2 年零 9 个月的抗美援朝战争。

朝鲜停战谈判的成功，为世界各国人民争取和平解决国际争端树立了一个新的范例。

参考资料

《国史全鉴》本书编委会编 团结出版社

《共和国五十年珍贵档案》中央档案馆编 中国档案
　　出版社

《中国现代史资料选辑》彭明主编 中国人民大学出
　　版社

《战后美国外交史》资中筠著 世界知识出版社

《中国外交概览》裴坚章主编 世界知识出版社

《当代中国外交》韩念龙主编 中国社会科学出版社

《中美会谈九年》王炳南著 世界知识出版社

《中美关系史》陶文钊著 上海人民出版社

《当代中国的抗美援朝战争》柴成文等著 解放军出
　　版社

《朝鲜战争实录》解力夫著 世界知识出版社

《朝鲜战争中的美英战俘纪事》边震遐著 解放军文
　　艺出版社

《正义与邪恶的较量》程来仪著 中央文献出版社

《朝鲜战争》李奇微著 军事科学院外国军事研究部
　　译 军事科学出版社